1925

THE GREAT GATSBY

大亨小傳

F. Scott Fitzgerald 費滋傑羅

李佳純——譯

〈導讀〉

浮夢人生的美麗與哀愁

曾麗玲

話說二十世紀末一九九八年起，出版業及文化界吹起一股回顧二十世紀文壇表率之風，美國藍燈出版社旗下的現代文庫（Modern Library）針對廣大讀者群做為期一年「二十世紀百大小說」的票選活動，不出所料，喬伊斯的《尤利西斯》榮登榜首，但更令人驚豔的是緊接其後排行第二的小說——《大亨小傳》。《尤利西斯》以艱深的寫作技巧聞名，榮登榜首可說眾望所歸，但《大亨小傳》能與高居天皇地位的《尤利西斯》匹敵，而取得天后的地位，背後的理由就顯彌足珍貴了。這部小說故事平易近人，費滋傑羅表面看似簡單的敘述技巧，其實蘊含意義深遠的主旨。

《大亨小傳》講的是蓋茨比逐美國夢的人生崛起與隕落的故事，但它不同於其他以英雄人物為主軸的故事常會採取第三人稱或全知的敘述觀點，《大亨小傳》則使用小說只居配角地位的尼克其第一人稱的觀點，透過他的角度來描繪主角蓋茨比。尼克是蓋茨比初戀女友黛西的表兄，兩人原生家庭均來自中西部，尼克放棄家中傳統的五金事業，與當時許多人一樣，來到紐約華爾街淘金。租屋在長島，恰與蓋茨比的豪宅比鄰而居，此巧合及他與黛西的親戚關係，剛好開啟了尼克一窺蓋茨比光鮮追夢之旅背後不為人知的黑暗面。尼克就成為讀者的窗口，透過他的觀察及與男女主角的互動，讀者得以深入故事的核心。第一人稱敘述的優點是製造與讀者的親密感，尤其尼克自己又是個律己甚嚴的年輕人，自小其父曾教誨他不要輕易論斷他人，小說的第二句話便是父親對他如此的告誡，尼克包容的天性也讓他容易變成他人傾訴心事的對象，這樣的人格特質也博得讀者對他的信任。此外，他剛從耶魯大學畢業，在校時也算是個文藝青年，曾在校報撰寫社論達一年之久，他的小有文采正好為他增添敘事的技巧，小說之所以引人入勝與尼克這位第一人稱敘述者的人格特質及文采息息相關。

不過，讓《大亨小傳》能在廣大讀者心中被認定足以代表「美國小說」的首選的真正原因，應該是小說能夠精準地剖析美國夢美麗與哀愁的兩面性，及以神話化來呈現並肯定此尋夢之旅。《大亨小傳》的背景是一九二〇年代的美國，此時紐約華爾街金融活動製造出的新富階級，過著令人羨慕、紙醉金迷的生活，他們累積資本的生財之道多有可議，以蓋茨比為最佳代表。他不從於在中西部務農父親所走的路，自年輕時就等待翻身的一日，被徵召到歐陸打一次世界大戰前夕，在家鄉邂逅家世顯赫的黛西，從此對財富、身分、地位有了開天闢地的想像，戰後，來到紐約從事債券生意，並涉足買賣私酒圖得暴利，終建立自己的金錢王國。打聽到黛西與丈夫東遷紐約長島，在與他們一水之隔的對岸買下能與這對夫婦匹敵的豪宅，日日辦時尚趴，以便能與黛西不期而遇。費滋傑羅利用一些小細節來側寫美東華爾街新貴豪奢的生活，如蓋茨比辦趴的奢華程度就用宅裡傭人不斷用榨汁機提供賓客鮮榨的柳橙汁可見一斑，這是一個開始依賴機器的時代，蓋府每週就有水果供應商從紐約運來成箱的柳橙與檸檬，蓋府的這台榨汁機效率神速，可在半小時內鮮榨兩百顆的柳橙。待週末派對結束後的週一早晨，就有如金字塔堆般的果皮被棄置在後院。

小說於是充斥著當時美國正要大量普及的機器，如汽車、電話，蓋茨比依賴長途電話與他在美國各處從事不法勾當的生意伙伴聯絡，從只有聽到單方對話片段當中，在場的尼克只能略微想像蓋茨比背後那龐大的黑金網絡，讓小說頓時充滿懸疑，並形塑蓋茨比高級騙子的形象。另外，他的跑車則被描寫成有著「豐富／多金（rich）的奶油色」，坐在車子中的尼克完全感染到蓋茨比的財力。當車子過橋開進紐約市時，市區在橋的彼端像是由錢堆起的「白方糖堆」，層層疊起矗立在尼克眼前。如此生動充滿豐富顏色表現的手法，正是《大亨小傳》可令人津津樂道之處。小說每一章均有刻意顏色意象的安排，暗合各章的主旨，如第一章開始介紹黛西家時，它整體的印象就是潔白，尼克由庭院進入屋內，映入眼簾的是白色的法式窗台，窗簾因風吹起上揚，視線也隨之往上來到天花板上如婚禮蛋糕上華麗的白色裝飾。這維持到一塵不染的白色可視為富人階級財富外顯的象徵，而婚禮蛋糕的白色華飾則可暗示黛西與湯姆這對夫婦的婚姻狀態，及兩人成婚時所有有關對婚姻做的承諾等攸關道德、精神層次的議題。

此外，小說高潮情節之一的場景是當蓋茨比終於如願再見到黛西，邀她到他的豪宅參觀，以便讓她懾服於他的財力之下，他除了一一為她導覽屋子外，最後一行人來到他臥室內，他打開兩面巨大的衣櫥門，此時可見西裝、浴衣、領帶等的陳列外，便是折疊得整整齊齊、如磚塊般陳列的襯衫了，蓋茨比把襯衫一件件拋在尼克與黛西面前，此時，凌亂的衣服堆卻是色彩繽紛，有珊瑚紅、蘋果綠、薰衣紫、淡橘，及印度藍。黛西終於崩潰在此震撼美景前，邊啜泣邊說自己從未見過這麼多的美服。此處費滋傑羅就是利用外顯的繽紛色彩，來暗示黛西對美國夢的認知其實骨子裡非常物質，這也是造成蓋茨比夢碎的根本原因。

儘管蓋茨比知道追求成功致富是他追回黛西的必要條件，但他更保有一股作夢的巨大能量，他其實想以物質的條件來交換精神的報償，也就是讓時間可以回轉到他與黛西初戀的那一刻，讓他們的愛情永恆，這不切實際的信念支撐著他的金錢追求，但也讓他無法洞悉美國夢膚淺、醜陋、腐化的一面，而為黛西背黑鍋終遭殺身之禍。《大亨小傳》之所以不朽，就在於它精準地鋪陳美國夢具備由物質層面提升至精神的、甚至是神話般永恆的追求，因而最後終究肯定美國夢在美國人心中崇高的地位。小說利用前已提及的顏色，或重要意象的安排，鋪陳美國夢神話般的地位。蓋茨比的座車除了有看著就會讓人想到錢的奶油色外，它的檔泥板更被尼克描寫成像給車子添了翅膀般，坐在其上的人就得以一路飛入市區。這描寫除表現車子的優越性能外，還能暗示凡人因物質性的機器之助，而有超俗脫凡的能力，他們好似得以幻化成希臘神話故事裡會飛翔的超人類。如此得以超越地心引力（即物質世界）的暗示，在小說第一章介紹黛西出場時就有伏筆，尼克初訪黛西與湯姆的豪宅，除前述以高貴白色為主軸的房屋意象外，接著便是特別著重描寫屋內窗簾隨風搖曳，讓接著映入眼簾、躺在巨大沙發上的黛西及女伴喬登看起來好像坐在熱氣球般，兩人一身的白洋裝衣擺也隨風飄曳，「好似她們方才短暫在屋裡飛了一圈才剛被吹回來」，後來湯姆關上後窗，這時兩人「也慢慢降落到地上」。這段生動的描寫充滿神話的暗示，兩位女性被刻劃成如會飛的女神，暗示她們的富有使她們得以超越世俗的肉體，變成男性仰慕者（如尼克及蓋茨比）膜拜的對象。

小說眾多寓意深遠意象的運用當中應以黛西家外那盞綠燈最為有意義了。它隔著海灣如謎般召喚蓋茨比，多次尼克見到蓋茨比伸手向前，好似要擁它入懷中。綠燈因為它與黛西的貼近，當然象徵蓋茨比欲一舉圓夢的決心及渴望，但綠色更象徵美國還是處女地時，它對拓荒者、朝聖者的召喚，這部分在小說有名的結尾做了非常抒情的闡釋：「新世界裡一塊清新翠綠之地……曾低聲逢迎著人類最後也最大的夢想」，「蓋茨比信仰著那盞綠燈，那令人興奮的未來，年復一年在我們面前退卻」。綠燈足以代表在黛西背後暗含無窮的機會，就像紐約最早由荷蘭水手發現時，當時的大地也是充滿無窮的契機一般，時間的洪流已過了兩百多年，小說的末句道盡了美國人血液當中這股懷抱偉大夢想的衝動：「於是我們奮力前進，小船逆流而上，不斷被浪潮推回過去」。一九二五年的蓋茨比與尼克與兩百多年前拓荒的逐夢者竟是同路人，美國夢的追尋看似急遽向前，其實不斷回眸，讓時間可以倒轉至如神話般的遠古，與當時人們孵夢、逐夢的初衷一致。因為洞悉這股源遠流長的追夢之旅，《大亨小傳》才如此偉大而令人動容。

（本文作者為台灣大學外文系教授）

若是能打動她，就戴上金帽子；
若是能跳得高，就為她跳躍，
直到她大喊：「愛人，戴著金帽子、跳得老高的愛人，
我一定要擁有你！」

——湯瑪斯・帕克・丁維里爾斯[1]

1. Thomas Parke D'Invilliers，作者筆名，也是他第一部小說《塵世樂園》裡一位人物的名字。

1

當我尚年輕容易多愁善感，父親給了我幾句忠告，至今仍盤旋在我的腦海。「當你想開口批評別人，」他告訴我，「要記住，世上不是每個人都像你擁有這些優勢。」☆1

他沒有再多說，但我們之間向來無需多言也能心意相通，我知道他的意思遠不止於此。結果，我變得傾向保留個人意見，這個習慣造成不少怪人愛對我推心置腹，讓我吃了不少言語乏味之人的苦。有這樣特質的正常人總是很快被心智異常的人偵測到和糾纏，我在大學時期被指責為政客著實有失公允，就因為我知道某些無名狂人的秘密傷心事。這些心事吐露大多不請自來——每當一些明顯跡象讓我察覺到眼下就要出現私密告白，我常裝睡，假裝全神貫注或是不厭其煩的樣子。年輕人的私密告白，或至少他們表達時所用的措辭，往往剽竊而來，而且又明顯有所隱瞞。不去評斷是因為還抱著無窮希望。正如父親勢利的暗示過，而我也勢利的重複一次，人的出身會決定基本禮度認知，我唯恐

☆1
'Whenever you feel like criticizing any one,' he told me, 'just remember that all the people in this world haven't had the advantages that you've had.'

忘記了這點會遺漏掉什麼☆2。

即便我對自己的寬容自豪，但終究不得不承認寬容還是有限度。個人的行為準則可能奠基於堅固磐石，也可能奠基於潮濕沼澤，但超過某個限度，我已經不在乎對方奠基於什麼。去年秋天我從東岸回來的時候，我覺得我希望全世界始終如一，永遠專注在道德上；我再也不要有窺伺人心的特權來騷擾。唯有蓋茨比——是他賦予本書書名——是個特例。蓋茨比，他象徵了我打從內心看不慣的一切。如果一個人的人品是一連串的成功姿態，那麼他確實有某些可愛之處，他對於生命的承諾具有高度敏感，彷彿他和記錄萬哩之外地震強度的複雜機器有親戚關係。他這種敏感和美其名「創意氣質」、實則缺乏主見的軟弱個性一點關係都沒有——他有種對事物懷抱希望的無比天賦，我從來沒有在其他人身上看過那種奮不顧身的浪漫，未來也不太可能再發現。不——蓋茨比最終還是好樣的；有問題的是那些掠食他的人，在他夢碎之後飄出來的污濁灰塵，讓我一時對人類未竟的悲哀和片斷歡喜失去興趣☆3。

我出身中西部城市的富裕家族，至今已富過三代。卡洛威一家算是宗族，說是來自蒲克勒公爵[1]的傳承，但實際上我的直系祖先是我祖父的兄弟，他在一八五一年找了個替死鬼代他去打內戰，自己來到此地創業從事五金批發生意，

☆2
Reserving judgments is a matter of infinite hope. I am still a little afraid of missing something if I forget that, as my father snobbishly suggested, and I snobbishly repeat a sense of the fundamental decencies is parcelled out unequally at birth.

☆3
Gatsby turned out all right at the end; it is what preyed on Gatsby, what foul dust floated in the wake of his dreams that temporarily closed out my interest in the abortive sorrows and short-winded elations of men.

到今天由我父親繼續經營。

我從沒見過這位伯祖父，但據說我長得像他——特別有掛在我父親辦公室裡那幅有點冷酷無情的畫像為證。一九一五年我從紐黑文[2]畢業，恰恰比我父親晚四分之一個世紀，畢業沒多久便加入叫做大戰的遲來的日耳曼遷徙。我太享受於反突襲，回來以後仍靜不下心。中西部不再是世界的溫暖中心，反而像宇宙的破爛邊緣——於是我決定到東部學習債券。我認識的人都從事債券業，多養活一個單身漢應該不是問題。所有的叔伯姑姨商量這事彷彿在幫我挑預科學校一樣，最後終於說「唔——那——好吧」，表情非常嚴肅又猶疑。父親同意先資助我一年，然後又幾經耽擱，我終於在一九二二年春天搬到東部。原以為這一搬就不會再回來。

在城裡租個房間比較實際，但正值溫暖季節，我又剛離開有寬闊草坪和宜人樹木的鄉下，因此當辦公室裡一個年輕人提議一起在通勤小鎮上租個房子，聽起來像是個好主意。他找到了房子，一間飽受風霜的小平房月租八十元，但

1. Duke of Buccleuch，蘇格蘭貴族。
2. 位於康乃狄克州，耶魯大學所在地。

臨行前公司派他去華盛頓，於是我獨自一人搬去鄉下。我有一隻狗——在牠跑掉前至少也算是養了牠幾天——還有一輛老道奇和一個芬蘭女傭幫我鋪床備早餐，她在電爐前邊做飯邊嘀咕著一些芬蘭格言。

頭幾天頗寂寞，直到某天早上，一個初來乍到的人在路上叫住我。

「西卵村怎麼走？」他無助地問。

我告訴了他。我繼續走，再也不覺得孤單。我成了嚮導，探險家，早期移民。他在無意間封我為這一帶的榮譽市民。

於是，伴著明媚陽光與樹木新綠萌動——就像在快轉影片裡迅速生長——一個熟悉念頭湧現：生命就要隨著夏季始而復新。

首先，要讀的東西很多，還要大口呼吸新鮮空氣，大大增進健康。我買了十幾本講銀行業、貸款、投資債券的書，燙金紅色的封面陳列在我的書架上，像剛從造幣廠鑄出來的錢幣，允諾將揭曉邁達斯、摩根和梅塞納斯[3]的秘密。我還興致勃勃打算讀許多課外書。大學時期我愛好文藝，有一年時間幫《耶魯新聞》寫過一系列正經又平淡無奇的社論，現在我決心重新找回這一切，當個能力最有限的專家——通才。這可不是一句俏皮話。畢竟，若是從單一窗口來看待生命，會覺得成就大了許多☆4。

☆4
This isn't just an epigram—life is much more successfully looked at from a single window, after all.

我會在北美最奇特的社區租到房子完全是巧合，它位在紐約正東那塊狹長放縱的島上，除了有獨特自然景觀，還有兩塊特殊地形。城市以東二十哩有個小海灣隔開兩個輪廓一模一樣巨大的卵形地帶，位在西半球最平靜的鹹水域，一塊遼闊的潮濕空地——長島海灣。它們不是正橢圓形，而是像哥倫布故事裡的雞蛋，兩塊地接觸的那一端被壓平了[4]，但外形相似度肯定讓飛在上方的海鷗困惑不已。對沒有翅膀的我們而言，更有趣的現象是兩者除了形狀與大小之外，其餘完全沒有共同點。

我住在西卵。是——嗯，比較不時髦的那一塊。但這是最膚淺的標籤，難以表達兩者奇異且相當險惡的對比。我的房子就在距離海灣區區五十碼的卵形頂端，夾在兩間每季租金要一千兩百到一千五百元的大寓所間。右邊那間無

3. 邁達斯（Midas）是希臘神話中能點石成金的國王，摩根（J.P. Morgan）為美國銀行家，梅塞納斯（Maecenas）為羅馬帝國時期的權貴人士，他的名字在西方是文學藝術贊助者的代名詞。

4. 當年批評者論哥倫布發現新大陸不是什麼了不起的成就，於是哥倫布問對方如何把蛋立在桌上。批評者想不出來，哥倫布把蛋的一頭敲平後豎起。「哥倫布的蛋」常被用做創意的代名詞，或形容從事後看某件創舉會覺得沒什麼了不起。

論從任何標準來看都是龐然巨物，模仿某諾曼地市政廳而建，房子一邊有嶄新的高塔，覆蓋在薄薄的常春藤蔓下，還有一座大理石游泳池，以及超過四十畝的草坪和花園。這是蓋茨比的別墅。更確切說，住在這棟建築物裡的是一位姓蓋茨比的先生，因為我那時還不認識他。我自己的房子是個礙眼東西，好在它不大，所以被忽略，因此，我享有海景、鄰居的部分草坪，還有百萬富翁當鄰居，每月只要租金八十元。

小海灣對面，沿岸一座座白色宮殿在時髦的東卵閃爍，而那年夏天的事，真正算來要從我開車過去對面，到湯姆・布坎南夫婦家用餐那天晚上開始。黛西是我的遠房表妹，我和湯姆則是大學舊識。大戰剛結束時，我曾經在他們芝加哥的家裡住了兩天。

她的丈夫不只在運動方面成就斐然，更是紐黑文有史以來最強悍的美式足球邊鋒，某方面而言他是個全國知名人物，這種人在二十一歲的成就已在其限度內登峰造極，接下來的人生都有點走下坡的味道。他家裡富裕得不得了，還在念大學時，他的揮霍就引人髮指，但他離開芝加哥搬到東岸的方式更令人屏息：舉例來說，他從森林湖[5]帶下來一批打馬球專用的馬。難以想像跟我同輩的人可以富裕到做這種事。

我不曉得他們為何搬到東部。之前他們在法國住了一年，沒什麼特別原因，然後四處漂移沒有停歇，哪裡有打馬球又富有的人聚集，他們就去。這次搬家是定居了，黛西在電話裡說，但我不信——我不明瞭黛西的心思，但感覺湯姆會永遠漂泊下去，焦渴地尋找昔日美式足球賽事帶給他的刺激。

於是在一個溫暖多風的傍晚，我開車到東卵去探望兩個我幾乎完全陌生的老朋友。他們的房子比我想像中還華麗，明亮的紅白二色喬治王朝時期殖民風格別墅俯瞰海灣。草坪從海灘延伸到前門，有四分之一哩長，一路跨過日晷、紅磚小路和耀眼的花園，最終抵達房屋時，彷彿移動的慣性使然，明亮的藤蔓從牆的一邊往上爬。房屋正面以一系列落地窗破題，現在正映著閃耀金光，敞開面對溫暖多風的午後。湯姆．布坎南身著騎裝，叉開雙腿站在前廊。

跟紐黑文那幾年相比，他的樣子有變。現在他是個健壯、稻草色頭髮的三十歲男子，嘴唇的線條剛硬，一副目中無人的姿態。炯炯有神而傲慢的眼睛是臉上最明顯的特徵，讓他看起來總是咄咄逼人。就連女孩子氣的騎裝也藏不住那副身軀的巨大力量——雪亮的靴子被他撐滿至上面繃緊的鞋帶，當他的肩膀

5. Lake Forest，伊利諾州東北部小城。

在薄外套下轉動，更可見大塊肌肉挪移。這是一副力大無比的身軀——一個殘忍的身軀。

他的說話聲音是粗啞的男高音，更增添他給人性情暴躁的印象，裡頭帶著一絲父權的蔑視，就算面對他喜歡的人也一樣。在紐黑文有些人討厭他到了極點。

「我說啊，別把我對這些問題的意見當作絕對，」他彷彿在說，「就因為我比你強壯也更像個男人。」我們隸屬同一個大四社團，雖然不是密友，但我總覺得他很看重我，以他那嚴苛、目空一切的方式，渴望我也喜歡他。

我們在陽光充足的前廊聊了幾分鐘。

「我這地方很不錯，」他說，視線不停閃來閃去。

他抓著我一隻手臂把我轉過身，伸出一隻大手，從前景開始，掃過一個凹陷的義大利花園、半公畝香味撲鼻的玫瑰花，以及一艘前端扁平、在岸邊隨浪潮起伏的汽艇。

「這地方原屬於石油大王德曼因。」他又把我轉個圈，客氣但突兀。「我們到裡頭去。」

我們穿過挑高的門廳，進入一個明亮的玫瑰色空間，兩扇落地窗在兩邊輕巧地把空間嵌在屋裡。半掩的窗戶亮著白色，映照窗外剛冒出頭來、彷彿朝屋內生長的嫩草。一陣微風吹過室內，窗簾像白旗從一頭掀起，另一頭放下，又扭著捲上霜糖婚禮蛋糕似的天花板，再朝向酒紅色的地毯蕩漾，在其上形成陰影，宛如風吹拂過海面☆5。

室內唯一完全靜止的是一張巨大沙發，兩個年輕女子漂浮其上，彷彿掛在下錨的熱氣球上。她們都穿白衣，洋裝在風中飄動，好似她們方才短暫在屋裡飛了一圈，才剛被吹回來。我一定是站了一會兒聆聽窗簾劈啪作響和牆上一幅畫的嘎吱聲。然後碰一聲，湯姆．布坎南關上後面的窗，攔截在屋內的風漸漸靜止，窗簾、地毯和兩個女子也慢慢降落到地上。

較年輕的那位我沒見過。她在長沙發一端伸直身子，一動也不動，下巴微抬起，彷彿在上面平衡著什麼東西，一不小心就會掉下來。要是她有用眼睛餘光瞅見我，可一點跡象也沒有——我的確差點就為了打擾到她而喃喃道歉。

另一個女孩是黛西，她作勢要起身——她表情認真，身子微微往前傾，然後噗哧一笑，一個滑稽迷人的微笑，我也笑，向前走進屋裡。

「我啊——開心得癱瘓無力。」

她又笑，彷彿自己說的話非常風趣，接著握了我的手一下，抬頭看我的

☆5

The windows were ajar and gleaming white against the fresh grass outside that seemed to grow a little way into the house. A breeze blew through the room, blew curtains in at one end and out the other like pale flags, twisting them up toward the frosted wedding cake of the ceiling—and then rippled over the wine-colored rug, making a shadow on it as wind does on the sea.

臉，一副全天下她最想見的人就是我的模樣。她就是這樣。她低聲表示那位正在平衡物件的女孩姓貝克。（我聽人說過，黛西低語只為了讓別人往她身上靠近；這無關緊要的批評，絲毫不減這方式的魅力。）

總而言之，貝克小姐輕輕動了唇，以幾乎察覺不到的方式對我點了個頭，然後很快把頭仰回去——她正在平衡的物件顯然搖搖欲墜，讓她受驚。我嘴裡又冒出幾句道歉的話。任何一種自信十足的表現，總是讓我佩服得五體投地。

我回頭看表妹，現在她開始用低沉而扣人心弦的聲音問我問題，那聲音讓人的耳朵跟著上下起伏，每個字句都像音符，演奏出來後就成絕響☆6。她的臉龐既憂傷又可愛，明亮的五官，明亮的眼睛，明亮而熱情的嘴巴——但喜歡過她的男人最難忘的是她激動人心的嗓音：像嘹亮歌聲讓人無法抗拒，或是一個喃喃的「聽著」，告訴你她剛才做了歡樂興奮的事，接下來一小時也會有歡樂興奮的事情等待發生。

我告訴她我來東岸前在芝加哥待了一天，十幾個朋友託我送上他們的愛。

「他們想我嗎？」她欣喜若狂地大喊。

「整個鎮都荒蕪了。所有車子把後輪漆成黑色來服喪，北岸[6]整晚都聽得見哀號。」

☆6
It was the kind of voice that the ear follows up and down as if each speech is an arrangement of notes that will never be played again.

「太美妙了！我們回去吧，湯姆，明天就走！」然後她補了不相關的一句，「你應該看一下寶寶。」

「我很樂意。」

「她在睡覺。今年三歲，你沒見過她嗎？」

「從來沒有。」

「嗯，你應該看一下。她──」

到目前為止，湯姆．布坎南一直在屋裡焦躁不安地走動，現在他停下來把手擱在我肩膀上。

「你現在做哪一行，尼克？」

「我做債券。」

「在哪一間公司？」

我告訴他。

「從來沒聽過。」他斷然說。

令人惱火。

6. 芝加哥北邊郊區，靠近密西根湖。

「你早晚會聽到的，」我簡短回答，「如果你待在東部的話。」

「哦，我肯定會在東部待下來，別擔心，」他說，瞄了黛西一眼然後又看看我，彷彿提防誰多說了什麼。「我是天大的白痴才會住到別的地方。」

霎時貝克小姐說了一句：「完全沒錯！」突如其來讓我嚇了一跳——這是從我進屋裡以來她說的第一句話。顯然她的受驚不亞於我，因為她打了個呵欠，敏捷而迅速地做了幾個動作，然後站起來。

「我整個人都僵掉了，」她抱怨，「我在這張沙發上躺了不知道多久。」

「妳怪我啊，」黛西反駁，「我整個下午都想要妳跟我上紐約去。」

「不了，謝謝，」貝克小姐對著剛從廚房端出來的四杯雞尾酒說。「我正在培訓當中。」

她的東道主不可置信地看著她。

「是這樣嗎！」他把酒一口氣乾掉，彷彿杯底只有一滴酒。「我真的搞不懂妳怎麼有辦法成就任何事。」

我看著貝克小姐，猜想她到底「成就」了什麼。我喜歡看她。她是個修長、胸脯小小的女孩，身軀挺直了，肩膀還微微往後，像個年輕的軍校學生。她用被太陽照得瞇起的灰眼眸回看我一眼，蒼白、迷人而不滿的臉上帶著禮貌和回敬的好奇心。現在我才發現我曾經在某處看過她，或是她的照片。

「你住在西卵吧，」她用鄙夷的口吻說，「我認識那邊的一個人。」

「我不認識半個——」

「你一定認識蓋茨比。」

「蓋茨比？」黛西追問。「哪個蓋茨比？」

我還沒來得及回答他是我鄰居，傭人便宣布開飯；湯姆．布坎南把繃緊的手臂卡在我的手臂下，不容分說就把我從屋裡架出去，就像把一個跳棋棋子移到另一個格子上。

兩名女子纖細而懶洋洋地，把手輕輕擱在腰上，領頭走進一個面對夕陽的玫瑰色門廊，桌上四根蠟燭在漸弱的風中閃爍。

「點什麼蠟燭啊？」黛西皺著眉提出異議，伸出手指頭把蠟燭捏熄。「再過兩個禮拜就是一年中最長的一天。」她容光煥發看著我們所有人。「你們會不會期待一年之中最長的一天，然後錯過？我每次都期待一年之中最長的一天然後錯過。」☆7

「我們應該計劃點什麼，」貝克小姐像準備上床睡覺似的打個呵欠，在餐桌旁坐下來。

☆7
'Do you always watch for the longest day of the year and then miss it? I always watch for the longest day in the year and then miss it.'

「好啊，」黛西說。「我們應該計劃什麼？」她轉過頭來無助地看著我。「大家都計劃些什麼？」

我還來不及回答，她便用震驚的神情專注盯著她的小指頭。

「你看！」她抱怨道。「我受傷了！」

我們大家都去看她的手——她的指關節有點瘀青。

「都是你害的，湯姆，」她指控。「我知道你不是故意，但的確是你害的。嫁給一個粗野的男人就是這樣，一個又笨拙又粗壯的——」

「我討厭笨拙這個字眼，」湯姆生氣地抗議，「就算開玩笑也不喜歡。」

「笨拙，」黛西堅持。

有時她和貝克小姐同時開口但不唐突，說些沒邏輯的玩笑話卻也不完全算閒扯，就和她們的白色洋裝或不帶任何欲念的冷淡眼神一樣酷。她們坐在這裡，接受在場的我和湯姆，只是愉快而禮貌地招待著我們或是接受我們招待。她們知道再過不久晚餐就會結束，不多時傍晚也會結束，隨隨便便給束之高閣。這裡和西部截然不同，在那邊，傍晚從一個階段趕著到另一個階段，一直到結束；過程是一連串落空的期待，要不然就是對結束那一刻的來臨感到緊張害怕。

「妳讓我覺得自己很野蠻，黛西，」喝到第二杯軟木塞味重但令人驚艷的紅酒時我坦誠。「不能聊聊農作物收成還是什麼嗎？」

我講這句話沒有特別用意，但出乎意料被接了下去。

「文明正在崩潰，」湯姆忽然發飆。「我現在對事情特別悲觀。你們有沒有看過《有色帝國的崛起》，一個叫高達的人寫的？」

「呃，沒有，」我回答，被他的語氣嚇了一跳。

「嗯，這本好書大家都應該讀。書的主旨是說，我們要是再不小心，白種人就要被——就要被徹底淹沒。這是有科學根據，都經過證明。」

「湯姆變得好高深，」黛西說，臉上表情帶著輕率的悲傷。「他讀一些深奧的書，裡頭的字都好長。上次我們講的那個字是什麼——」

「哼，這些書都有科學根據，」湯姆堅稱，不耐煩地瞥了她一眼。「這傢伙把整件事都想了明白。我們是優越民族，有責任提高警覺，否則其他人種就會掌權控制一切。」

「我們一定要打倒他們，」黛西小聲說，對著強烈的太陽不斷眨眼。

「你們應該住到加州——」貝克小姐起了話頭，但湯姆在位置上重重挪動身子打斷了她。

「這理論的要點是，我們都是北歐日耳曼人，我是，你是，你是，而——」經過些微遲疑，他微微點頭把黛西也算進去，她又對我眨眼。「——我們製造了各種文明構成物——科學啊藝術啊等等。懂嗎？」

他的專注含有一種可悲成分，彷彿他此刻的自滿自得，雖然比之前還敏銳，卻已不夠他用。就在這時候，屋裡的電話響起來，管家離開門廊去接聽，黛西趁這打岔機會向我靠過來。

「我告訴你一個家族秘密，」她聚精會神地說悄悄話。「關於管家的鼻子。你要聽聽關於管家鼻子的故事嗎？」

「這是我今晚過來的原因。」

「這個嘛，他從前不是管家；從前他在紐約幫一戶人家擦銀器，那家有一套銀器供兩百個人用。他從早擦到晚，到最後他的鼻子終於受影響——」

「情況越來越糟糕，」貝克小姐提了一句。

「對，情況越來越糟糕，到最後他只好辭掉那份工作。」

有一刻，最後一抹陽光含情脈脈地落在她容光煥發的臉上；她的聲音讓我湊上前去屏息傾聽——然後光亮消失，每一道光依依不捨離開她，就像孩子於傍晚時分在街道上留連不捨。

管家走回來靠在湯姆耳邊悄聲說了幾句，湯姆皺眉頭，把椅子往後推，不發一語走進去。他的缺席彷彿刺激了黛西，她又靠過來，說話聲熱情如歌唱。

「我真喜歡你在我家作客，尼克，你讓我想到一朵玫瑰花，徹頭徹尾的玫瑰。不是嗎？」她轉向貝克小姐要她印證。「徹頭徹尾的玫瑰？」

這怎麼會是真的。我跟玫瑰花絲毫沒有相似之處。她不過是隨口說說，但流露出一股暖意，彷彿她的心意藏在屏息而扣人心弦的字句裡，向著你而來。然後她忽然把餐巾往餐桌上一丟，告退之後進去屋裡。

貝克小姐和我互換一個刻意不具意義的眼神。我正打算開口說話，她警覺地坐直身子，用警告的聲音說了聲「噓！」。背後的屋裡隱約可聽見壓低聲音的激動交談，貝克小姐往前傾，大剌剌地試著聽。低語升高到快要聽清楚時又降下去，然後又激動起來，最後全然靜止。

「你剛提到的蓋茨比先生是我的鄰居——」我說。

「不要說話。我想聽一下發生什麼事。」

「出了什麼事嗎？」我天真地問。

「你的意思是你不知道？」貝克小姐說，一副真正感到驚訝的樣子。「我以為大家都知道。」

「我就不知道。」

「噯──」她猶豫一下，「湯姆在紐約有女人。」

「有女人？」我茫然地重複一遍。

貝克小姐點點頭。

「她至少應該識相點，不要在用餐時間打來，你不覺得嗎？」

我差點來不及理解她說的話，就聽見洋裝窸窣聲和馬靴嘎吱聲，湯姆和黛西回到餐桌旁。

「沒辦法！」黛西強作歡欣地大喊。

她坐下來，用探究的眼神先看貝克小姐然後再看我，接著說：「我到外面張望了一分鐘，外頭真是浪漫。草坪上有隻鳥，我想一定是搭庫納德號或是白色之星[7]來的夜鶯。歌唱個不停──」她的聲音也在唱歌：「──好浪漫是不是啊，湯姆？」

「非常浪漫，」他說，然後苦著臉對我說：「如果晚餐之後天色還亮，我帶你到馬廄看看。」

屋裡又響起電話鈴聲，大家吃了一驚，黛西對湯姆堅決地搖搖頭之際，馬廄的話題，事實上是所有話題，都消失無踪。在餐桌旁最後五分鐘的片斷裡，我記得蠟燭又點了起來，完全沒什麼意義，我刻意想正眼看每個人但又要避開大家的視線。我猜不出黛西和湯姆在想什麼，我懷疑就連一派冷酷懷疑的貝克小姐，也無法忘掉第五個客人尖銳而迫切的金屬聲音。對某種個性的人而言，這場面可能很有意思——我的直覺是立刻打電話報警。

不必說，馬的話題再也沒有提起。湯姆和貝克小姐隔著幾呎黃昏的距離，一前一後慢慢走回圖書室，彷彿要去一個確實存在的屍體旁守夜。我努力做出感興趣又有點耳背的模樣，跟著黛西走過一連串長廊，來到前方的門廊。在昏暗中，我們一起在藤條沙發肩並肩坐下。

黛西把臉捧在手心，彷彿在撫摸那可愛的形狀，然後眼神慢慢移向絲絨般的黃昏。我看出她思緒澎湃，於是問了一個我以為最能安撫她的問題，她的女兒。

「我們兩個不太熟，尼克，」她忽然說。「雖然是表兄妹。你甚至沒來參加我的婚禮。」

「我還在打仗。」

7. 兩者都是橫渡大西洋的郵輪。

「這倒是真的，」她猶豫一下。「哎，我有段時間過得很不好，尼克，現在我凡事都憤世嫉俗。」

顯然她有理由如此。我等著，但她沒再說，過了一會兒，我無力地回到她女兒的話題上。

「我想她會說話——也會吃東西？」

「哦，是的。」她心不在焉看著我。「聽著，尼克，我來告訴你她出生的時候我說了什麼。你要聽嗎？」

「樂意至極。」

「你就知道我現在為何對——事情——有這樣的感覺。唔，她出生還不到一個小時，天知道湯姆人在哪裡。我從麻醉中醒來，覺得自己完全被遺棄，馬上問護士是男孩還是女孩。她告訴我是女孩，我轉過頭就掉眼淚。『好，』我說，『我很高興是女孩。我希望她長大後變成一個傻瓜——在這世界上，女孩子再好也不過如此，當個美麗的傻瓜。』」☆8

「你看，反正我覺得一切糟透了，」她語氣堅定繼續說。「每個人都這麼想，那些最先進的人都這麼想，而且我真的知道。我哪裡都去過了，什麼都看過，什麼也都做過。」她的眼神閃著挑釁，有點像湯姆，笑聲裡有令人心驚膽

☆8
'I'm glad it's a girl. And I hope she'll be a fool—that's the best thing a girl can be in this world, a beautiful little fool.'

戰的嘲諷。「世故——老天，我真是世故！」

當她的聲音中止，不再逼著我注意聽，我立刻感覺到她剛剛說話的虛偽，讓我覺得不舒服。彷彿這整晚只是個騙局，就為了從我身上索取某種情感。我繼續等，果不其然，沒多久她便抬頭看我，可愛的臉上一抹錯不了的嗤笑，彷彿她剛在一個秘密高級社團爭取到會員資格，她和湯姆都屬於這社團的人。

屋裡，深紅色的房間燈光綻放。湯姆和貝克小姐各坐在長沙發兩頭，她正大聲讀《週六晚間郵報》給他聽——字句如細語，缺乏抑揚頓挫，湊在一起組成安定人心的曲調。檯燈的燈光在他的靴子上雪亮，在她秋葉般的黃頭髮上暗淡，她翻頁時手臂上纖細的肌肉震動，紙頁反射著光。

我們走進去的時候她舉起一隻手要我們先別出聲。

「待續，」她說，把雜誌丟到桌上，「請見本刊下期。」

她的膝蓋一連串動作支撐起身體，然後她站起來。

「十點了，」她說，看起來像是時間寫在天花板上。「乖女孩該上床睡覺。」

「喬登明天要參加錦標賽，」黛西解釋，「在威徹斯特。」

「哦——原來你是喬登．貝克。」

我現在知道為何她看起來面熟了——她那好看而輕蔑的表情，不知多少次從艾許維爾、溫泉城，或棕櫚海灘的體育生活報導的印刷圖片盯著我。我也聽過關於她的一些傳聞，批判且不快的事，但早已不記得是關於什麼。

「晚安，」她輕聲說。「八點叫我好嗎？」

「如果妳起來的話。」

「我會起來。晚安，卡洛威先生。再會。」

「當然要再會，」黛西確認。「事實上呢，我來做個媒，你多來幾次，尼克，我就——哦——把你們湊成一對。你知道，一不小心把你們倆鎖在櫥櫃裡，然後放上船推到海上之類——」

「晚安，」貝克小姐從樓上喊。「我一個字也沒聽見。」

「她是個好女孩，」過了一會兒湯姆說。「他們不應該讓她這樣到處亂跑。」

「誰不應該？」黛西冷冷地問。

「她家裡人。」

「她家裡人是一個大概一千歲的阿姨。而且尼克會照顧她。不是嗎，尼克？今年夏天她會常來這裡度週末。我覺得這邊的家庭環境會對她有益。」

黛西和湯姆彼此沉默對看了一眼。

「她是紐約人嗎？」我趕快問。

「路易維爾。我們兩個白種女孩在那裡一起度過少女時期。我們美麗的白——」

「妳剛剛是不是在外面走廊對尼克掏心掏肺？」湯姆忽然質問。

「有嗎？」她看著我。「我不記得了，但我們好像有聊到北歐日耳曼民族。對，我很確定。這話題不知不覺就出現，一沒注意就——」

「你別聽到什麼都信以為真，尼克，」他規勸我。

我輕鬆說我什麼也沒聽到，過幾分鐘之後我站起來準備回家。他們送我到門口，並肩站在明亮的燈光下。我發動車子時，黛西斷然大喊：「等等！」

「我忘了問你一件事，很重要。我們聽說你在西部已經跟一個女孩子訂婚。」

「沒錯，」湯姆體貼地證實。「我們聽說你訂婚了。」

「真是造謠中傷。我這麼窮。」

「但我們有聽說，」黛西堅稱，我驚訝的是她又像花朵一樣綻開。「我們聽三個人說過，所以一定是真的。」

我當然知道他們指的是哪件事，但我離訂婚還差得遠。事實上，流言蜚語替我發布結婚公告，正是我來東部的原因之一。我不能因為怕謠言就不和老朋友往來，但另一方面，我也不打算被人謠傳到成了親。

這份關心讓我有點感動，讓他們看起來不至於富裕到高不可攀——雖然如此，驅車離開的時候我仍然困惑，還有一點嫌惡。在我看來，黛西應該抱著孩子立刻衝出那棟屋子，但她腦子裡顯然沒這個打算。至於湯姆，他「在紐約有女人」的事實不會比一本書讓他心情不佳還來得奇怪。不知道他為什麼開始在陳腐的觀念裡尋找寄託，彷彿他牢不可破的自大，再也無法滋養他唯我獨尊的心。

路邊小旅館的屋頂和修車廠的門前已經是仲夏景象，一個全新的紅色加油機坐落在燈光下。當我抵達位在西卵的住宅，我把車停到車棚，在後院閒置的碾草機上坐了一會兒。風已經歇了，只留下響亮耀眼的夜景，振翅聲來自樹上，大地則鼓吹著充滿生命力的青蛙，形成連續不斷的管風琴聲。一隻貓行進的側影在月光下搖曳，我轉過頭看牠的時候，發現我不是一個人——五十呎外，有個人從鄰居的別墅陰影中浮現，手插在口袋裡看著銀色繁星。從他悠閒的舉止和兩腳穩站在草坪上的姿勢，可知這位就是蓋茨比先生本人，出來研判一下本地的天空有多少屬於他。

我決定叫他一聲。貝克小姐在晚餐時提過他，足以做為開場白。但我沒有，因為他忽然做了個動作，顯示他樂於獨處——他以一種奇異方式伸出手臂對著暗沉海水，就連從我這個距離看，我也敢發誓他在顫抖。我不由自主往海面望過去——除了一盞又小又遠的綠燈外，什麼也看不清楚，位置可能在某個碼頭盡頭。當我回頭找蓋茨比，他不見了，再次留我在不平靜的黑暗中獨處。

2

介於西卵和紐約半途，公路與鐵路倉促會合後綿延四分之一哩，就為了避開一個荒涼地帶。這是個灰燼之谷——在這個稀奇古怪的農場裡，灰燼像小麥一樣長成山脊山坡和醜陋的花園；灰燼形成房屋、煙囪和炊煙，最後鬼使神差地化為隱約走動、但在塵埃飛揚中已崩碎的人形☆1。偶爾有一列灰色車廂沿著看不見的軌道爬行，發出可怕聲音戛然停止，灰撲撲的人們立刻拿著沉重鐵鍬成群出現，攪出一片無法穿透的灰雲，掩護他們隱匿的行動☆2。

然而在灰色大地和永遠籠罩其上的一陣陣暗淡灰塵上方，過一會兒你可以看到T・J・愛克伯格醫生的眼睛。愛克伯格醫生的眼睛又大又藍，虹膜在離地一碼的高處。眼睛不是從一張臉上往外看，而是在一副巨大黃色鏡框之後，鏡框掛在不存在的鼻子上。顯然是某個幽默感豐富的眼科醫生把它立在那裡，為自己皇后區的診所招攬生意，後來他自己大概也永遠閉上眼睛，或是搬走的時候根本就忘了這回事。他的眼睛雖然因長期日曬雨淋而黯淡了點，仍繼續若

☆1
This is a valley of ashes—a fantastic farm where ashes grow like wheat into ridges and hills and grotesque gardens where ashes take the forms of houses and chimneys and rising smoke and finally, with a transcendent effort, of men who move dimly and already crumbling through the powdery air.
☆2
Occasionally a line of grey cars crawls along an invisible track, gives out a ghastly creak and comes to rest, and immediately the ash-grey men swarm up with leaden spades and stir up an impenetrable cloud which screens their obscure operations from your sight.

有所思地俯瞰莊嚴的垃圾場。

灰燼之谷的一邊是一條污濁小河，每當吊橋升起讓駁船通過，在火車上等候的乘客可以盯著這片暗淡景色長達半小時。就算在平時，火車到這裡也要停頓至少一分鐘，也正因為如此，我第一次遇見湯姆．布坎南的情婦。

他有個情婦這件事，不管到哪，知道他的人總要強調一次。熟人討厭他帶著情婦出現在時髦的餐廳，然後把她晾在桌邊，自己信步閒逛，隨便跟任何一個認識的人閒聊。我雖然好奇想看看她，但可不想認識她——結果還是認識了。某天下午我和湯姆搭火車一起上紐約，停在灰堆旁的時候，他跳起來抓住我的手肘，幾乎是逼著我下火車。

「我們下車！」他堅持。「我要你見見我的女人。」

我看他午餐時喝了不少，現在這樣硬是要我作陪，已經快構成暴力行為。他就這麼傲慢地假設週日下午我沒別的事好做。

我跟著他跨越刷白的鐵路矮柵欄，在愛克伯格醫生持續盯哨下，沿路往回走了一百碼。眼前唯一的建築物是一小排黃色磚房，坐落在荒地邊緣，一條像是袖珍版的大街照管著這排房子，房子左右兩邊什麼都沒有。三間商店的其中之一正在招租，另一間是通宵營業的餐廳，有一條灰燼小路通到門口；第三間是個修車廠——**汽車修理**，喬治．B．威爾森，**汽車買賣**——我跟著湯姆走進去。

裡頭破敗又空蕩蕩，唯一的車是台蓋滿灰塵的破福特，蹲在昏暗的牆角。我正在腦中想像這個陰暗車庫只是個幌子，奢華浪漫的公寓就隱藏在頭頂上的時候，老闆本人出現在辦公室門口，在抹布上擦手。他是個無精打采的金髮男子，臉色蒼白，尚稱英俊。看見我們的時候，一絲希望的亮光照進他淡藍色的眼睛。

「你好，威爾森老兄，」湯姆說，在他肩膀上快活地一拍。「生意如何？」

「沒得抱怨，」威爾森回答，沒什麼說服力。「你什麼時候才要賣我那輛車？」

「下禮拜，我的人正在修理。」

「他動作相當慢，不是嗎？」

「才不會，」湯姆冷冷地說。「假如你這麼想，我乾脆賣給別人好了。」

「我不是那個意思，」威爾森連忙解釋。「我只是說——」

他的音量逐漸減弱，湯姆不耐煩地環顧修車廠。這時我聽見樓梯傳來腳步聲，過了一會兒，一個豐滿的女人擋住來自辦公室的光線。她的年紀三十五歲上下，有一點矮胖，但過剩的肥肉在她身上魅力誘人，有些女人就是有這種能耐。深藍色薄縐紗圓點洋裝上的那張臉不帶一絲一毫美感，但立刻能感覺到豐富生命力，彷彿她身上的神經持續在悶燒。她緩緩一笑，經過她丈夫身邊彷彿他是個鬼魂，與湯姆握手的時候直視他的眼睛。然後她潤了潤嘴唇，頭也不回跟她丈夫說話，聲音低而粗☆3：

「你也搬些椅子來，叫人家要坐哪。」

「哦，是是。」威爾森趕緊應聲，走進小辦公室裡立刻和水泥牆的顏色混為一片。一層白色灰塵遮蓋他深色的西裝和淡色頭髮，以及周遭一切——除了他妻子以外。她往湯姆靠近。

「我要見你，」湯姆盯著她說。「去搭下一班火車。」

「好的。」

「我們在下層的書報攤見面。」

她點點頭，移開湯姆身邊的時候，威爾森正拿著兩張椅子從辦公室門口出現。

我們在路上沒人看見的地方等她。再過幾天是七月四號，一個灰撲撲瘦小的義大利裔男孩正沿著鐵軌放置一排魚雷炮。

☆3
She smiled slowly and walking through her husband as if he were a ghost shook hands with Tom, looking him flush in the eye. Then she wet her lips and without turning around spoke to her husband in a soft, coarse voice:

「這地方糟透了吧，」湯姆說，皺著眉和愛克伯格醫生互看了一眼。

「可怕極了。」

「出去透透氣對她好。」

「她丈夫不會反對嗎？」

「威爾森？他以為她去紐約看她妹妹。那個人蠢到不曉得自己還活著。」

於是，湯姆．布坎南和他的女友以及我一道上紐約——不能說是一道，因為威爾森太太為了不引人注目而坐在另一節車廂。湯姆總算是顧到可能也在火車上的東卵居民的想法。

她換上一件有花樣的棕色細棉布洋裝，湯姆扶她下到月台的時候，她略顯寬大的臀部繃得有點緊。她在書報攤買了一本《小城八卦》和一本電影雜誌，又在火車站的藥房買了冷霜和一小瓶香水。在陰鬱有回音的上層車道，她讓四輛計程車開過去，才選了一輛灰色椅套的淡紫色新車，我們坐進去，遠離車站的群眾，駛進熱烈的陽光。但她忽然從車窗轉過頭來，然後往前敲一下前面的玻璃。

「那邊有狗，我想買一隻，」她認真地說。「養在公寓裡，養一隻狗很好啊。」

我們倒車到一個灰頭髮老人身邊，他長得很像約翰・D・洛克菲勒[1]，像得離譜。他脖子上掛了一個籃子，裡頭蜷縮了十幾隻剛出生不久還看不出品種的幼犬。

「這些是什麼狗？」他走到計程車窗邊時威爾森太太急著問。

「什麼都有。你要哪一種，女士？」

「我想要一隻那種警犬；你不會剛好有吧？」

那人懷疑地往籃子裡看看，伸手進去，從頸背抓了一隻蠕動的小狗出來。

「這才不是警犬，」湯姆說。

「不，這不算是警犬，」那人語氣失望。「比較算是艾爾代爾獵犬[2]。」他用手摸過像棕色毛巾一樣的狗背。「看看牠的毛，很了不起吧。這種狗絕對不會沒事就感冒給妳添麻煩。」

「我覺得很可愛，」威爾森太太熱情地說。「多少錢？」

「那隻嗎？」他讚賞地看看牠。「這隻狗要價十塊錢。」

那隻艾爾代爾——毫無疑問牠的確有一點艾爾代爾血統，雖然牠的腳白得嚇人——換手之後在威爾森太太的膝上安頓下來，她欣喜若狂撫摸著狗耐風雨的毛皮。

「牠是男生還是女生？」她慎重地問。

「那隻嗎？那隻狗是男生。」

「那是母狗，」湯姆果斷地說。「錢給你，拿去再買十隻狗。」

我們開往第五大道，夏日的禮拜天下午溫暖又柔和，感覺像在鄉村，就算一大群白色綿羊拐個彎從路口走出來，我也不會訝異。

「等一下，」我說，「我在這邊先下了。」

「不行，」湯姆很快接話。「你不到公寓來的話，梅朵會傷心。不是嗎，梅朵？」

「來嘛，」她慫恿。「我來打電話給我妹妹凱薩琳。有眼光的人都說她漂亮。」

「唔，我很樂意，但是——」

我們繼續前進，掉頭穿過中央公園，往西一百多街前進。到一百五十八街的時候，計程車在一排白色蛋糕似的公寓大樓其中一塊前面停下來。威爾森太

1. 美國石油大王及第一位全球首富。
2. Airedale，又稱萬能梗的大型梗犬。

太用皇室回宮的眼神掃視街道，抱起她的狗和她買的其他東西大搖大擺走進去。

「我要請麥基夫婦上來，」我們坐電梯上樓的時候她宣布。「當然還要打電話給我妹。」

公寓在頂樓——有一間小客廳，一間小餐廳，一間小臥房和一間浴室。客廳裡一套過大的織錦布沙發已經擠到門口，在屋裡走動時，會不斷絆倒在仕女在凡爾賽宮花園裡盪鞦韆的圖畫上。唯一的掛畫是一張放得過大的照片，乍看是隻母雞坐在模糊的石頭上。然而從遠處看，母雞卻化為一頂女帽，一個矮胖老太太對著室內微笑。桌上有幾本舊的《小城八卦》和一本《西滿後稱伯多祿》[3]，還有幾本報導百老匯消息的小道刊物。威爾森太首先關心的是那隻狗。一個不甘不願的電梯男孩拿來鋪滿稻草的盒子和牛奶，還自作主張附上一罐又大又硬的狗餅乾——其中一塊一下午在牛奶碟裡泡了個稀巴爛。這時湯姆從上鎖的櫥櫃裡拿出一瓶威士忌。

我這輩子只喝醉過兩次，第二次就是那天下午，因此當時發生的一切都像籠罩在朦朧薄霧裡，雖然公寓一直到八點鐘之後仍然充滿陽光。威爾森太太坐在湯姆腿上，打電話給幾個人；然後沒菸了，我出去到轉角的藥房買菸。回來的時候兩個人都不見人影，於是我悄聲在客廳坐下，拿起《西滿後稱伯多祿》

讀了一章——書若不是寫得很糟就是被威士忌扭曲掉，因為我完全看不出一點道理。

湯姆和梅朵（喝完第一杯，威爾森太太和我直呼彼此名字）再度出現的時候，客人也開始來叩門。

妹妹凱薩琳是個高䠷俗氣的女子，年約三十，一頭又硬又伏貼的鮑伯紅髮，臉上的粉擦得雪白。她的眉毛拔過再重新畫上，角度比較彎，但大自然的力量修復了原本準線的工程，讓她的臉有種朦朧感。她走動的時候不斷發出碰撞聲，數不清的陶環在她手臂上下叮噹作響。她進門時的腳步像主人一樣迅捷，看著家具的眼光彷彿東西都是她的，令我納悶她是否住在這裡。然而我問她的時候，她放聲大笑，大聲重複我的問題，然後告訴我說她和一個女性友人住在一間旅館裡。

麥基先生是個娘娘腔的蒼白男人，住在樓下的公寓。他剛刮過鬍子，因為顴骨上還有一抹白色泡沫。他畢恭畢敬和屋裡所有人打招呼，告訴我他是「藝術圈」的，後來我明白他是攝影師，那張像幽靈盤旋在牆上、威爾森太太母親

3. *Simon Called Peter* 是一九二一年的暢銷小說，性與宗教的內容在當時引起爭議。

的放大模糊照片是出自他手。他太太講話聲刺耳，姿態懶洋洋，身材健壯，很討人厭。她驕傲地告訴我，自從結婚以來，她先生幫她照過兩百二十七次相。

前不久威爾森太太才換過衣服，現在她穿了一件精緻的米色雪紡綢午後洋裝，在屋裡昂首闊步時不斷發出沙沙聲。人換上了洋裝，個性也變了。車庫裡非凡的活力，現在轉換成令人咋舌的傲慢。她的笑聲、姿勢與言談隨著時間過去，越發做作得誇張，隨著她不斷膨脹，周圍的房間變得越來越小，直到她彷彿在煙霧瀰漫中繞著一個嘎吱吵雜的中心旋轉。

「親愛的，」她裝腔作勢地高聲和她妹妹說話，「大部分的人只想呼攏你，心裡想的只有錢。上禮拜有個女人來這裡看我的腳，賬單拿來的時候，你會以為她幫我割盲腸哩。」

「那女人叫什麼名字？」麥基太太問。

「艾伯哈特太太。她到處去別人家裡幫人看腳。」

「我喜歡妳的洋裝，」麥基太太評說，「我覺得可愛極了。」

威爾森太太否決她的說法，不屑地揚起眉毛。

「只不過一件亂七八糟的舊衣服，」她說。「我不在乎自己模樣的時候就穿。」

「但妳穿起來真好看，妳知道我意思嗎，」麥基太太不放棄。「要是切斯特能拍到妳剛才那個姿勢，應該可以做一件作品出來。」

所有人默默看著威爾森太太，她撥開遮住眼睛的一絲頭髮，笑盈盈地回看大家。麥基先生頭歪向一邊認真看著她，然後一隻手在面前慢慢前後移動。

「我應該會改變一下光線，」過了一會兒他說，「讓五官的立體感更突出。然後我還會把後面頭髮束起來。」

「要我就不會改變光線，」麥基太太大聲說，「我認為是——」

她丈夫「噓！」了一聲，於是我們又重新看著攝影的主題，接著湯姆大聲打了個呵欠站起來。

「你們麥基夫婦自己找點東西喝，」他說，「再拿些冰塊和礦泉水來，梅朵，省得大家睡著了。」

「我跟那小子說過要冰塊了，」梅朵對於下人的懶惰，莫可奈何地揚起眉毛。「這些人啊！隨時都要人盯著才行。」

她看著我，莫名其妙地一笑，然後奔到狗旁邊，歡天喜地親了牠一下之後匆匆走進廚房，暗示著裡頭有十幾個廚師正等候她吩咐。

「我在長島拍出一些不錯的照片，」麥基先生宣稱。

湯姆呆呆看著他。

「有兩幅我們裱了框掛在樓下。」

「兩幅什麼？」湯姆追問。

「兩幅習作。一幅我稱之為〈蒙托克海角之海鷗〉，另一幅我稱之為〈蒙托克海角之海洋〉。」

妹妹凱薩琳在我身旁的沙發坐下。

「你也住長島嗎？」她詢問。

「我住在西卵。」

「是噢？我大概一個月前去那邊參加過一個派對。在一個叫蓋茨比的家裡，你認識他嗎？」

「我就住在他隔壁。」

「喲，人家說他是威廉大帝的侄子還是表弟，他的錢都是從那邊來的。」

「真的嗎？」

她點點頭。

「他讓我害怕。我可不希望他抓到我什麼把柄。」

關於我鄰居這則引人入勝的情報，突然被指著凱薩琳的麥基太太打斷：

「切斯特，我覺得你可以拍她看看，」她突然冒出一句，但麥基先生只無聊地點點頭，把注意力轉回湯姆身上。

「我想多做點關於長島的作品，如果能有機會入門的話。我只需要人家幫我引薦。」

「問梅朵，」湯姆說，在威爾森太太端著托盤走進來時笑了一聲。「她會幫你寫封介紹信，不是嗎，梅朵？」

「要我做什麼？」她問，嚇了一跳。

「幫麥基寫封介紹信給你先生，讓他給他做幾幅習作。」他的嘴唇無聲動了幾下盤算。「〈加油機旁的喬治．B．威爾森〉諸如此類。」

凱薩琳湊到我身邊，小聲跟我嚼耳朵：「那兩個人都受不了自己的配偶。」

「受不了嗎？」

「受不了啊。」她看看梅朵，然後看看湯姆。「我就說啊，受不了幹嘛還住在一起？換作是我，趕快婚離一離，然後馬上再婚。」

「她對威爾森也不滿嗎？」

這個問題的答覆，來自一個意外的地方。梅朵無意中聽見我們對話，給了個強烈且不堪入耳的回答。

「看吧？」凱薩琳得意大喊。她又壓低聲音：「其實是他老婆害他們不能在一起。她是天主教徒，天主教徒不能離婚。」

黛西不是天主教徒，精心捏造的謊言讓我有點吃驚。

「等他們真的結了婚，」凱薩琳繼續說，「他們就要搬到西部住一段時間，等事情平息下來。」

「去歐洲會更好。」

「噢，你喜歡歐洲嗎？」她驚呼。「我才剛從蒙地卡羅回來。」

「真的假的。」

「去年才去的。跟一個女孩子一起去。」

「待很久嗎？」

「沒有，只去蒙地卡羅就回來，從馬賽過去。一開始我們帶了超過一千兩百塊錢，不到兩天就在貴賓房裡頭被騙光。回來的路上辛苦死了，我說真的。老天爺，我恨死那個城市。」

向晚的天空在窗外綻放，地中海般的藍，濃稠得有如蜂蜜——然後麥基太太尖銳的聲音又把我拉回室內。

「我也差點犯錯，」她精神奕奕地宣布，「差點嫁給一個追了我好幾年的猶太佬。大家一直跟我說，『露西兒，那個人遠遠配不上妳！』我要是沒認識切斯特的話，肯定會被他追到。」

「是這樣沒錯，但聽著，」梅朵・威爾森不住地點頭，「至少妳沒嫁給他。」

「我知道啊。」

「嗯，但我嫁了，」梅朵含混模糊地說。「這就是妳我情形不同的地方。」

「妳幹嘛要嫁啊，梅朵？」凱薩琳追問。「又沒人逼著妳嫁他。」

梅朵想了一會兒。

「我嫁給他，因為我以為他是個紳士，」她終於說。「我以為他有點修養，但他連舔我的鞋子都不配。」☆4

「有一陣子妳還瘋狂愛他呢。」凱薩琳說。

「瘋狂愛他！」梅朵不可置信地大喊。「誰說我瘋狂愛他了？我對他瘋狂的程度就跟我對那邊那個人瘋狂的程度不相上下。」

她忽然指著我，所有人用控訴的眼神望向我。我試著用表情來說明我和她的過去一點關係也沒有。

「我唯一做的瘋狂事就是嫁給他，我馬上就知道自己做錯。結婚時他跟別人借了一套上等衣服，竟然沒告訴我，某天他不在家，那人上門來要。」她還

☆4
'I married him because I thought he was a gentleman,' she said finally. 'I thought he knew something about breeding, but he wasn't fit to lick my shoe.'

顧四周看有誰在聽：「『哦，這是你的西裝？』我說。『我從來不知道這回事。』但我把衣服給了他，然後躺下來哭了一下午。」

「她真的應該離開他，」凱薩琳繼續跟我說。「他們在那車庫樓上已經住了十一年。湯姆是她第一個愛人。」

那瓶威士忌——已經是第二瓶了——現在人人搶著喝，除了凱薩琳以外，她「不需要仰賴任何東西也一樣快活」。湯姆按鈴叫管理員，讓他去買什麼有名的三明治，其實已經是一頓完整的晚餐。我想走出去，穿越溫柔的黃昏向東往公園去，但每次試著告辭，總會因為身陷吵鬧的激辯而又回到座位上，彷彿有人用繩子將我拉住。然而我們這一排昏黃的窗戶高掛在城市裡，肯定也對人生的秘密做出一點貢獻，讓黑暗街道上無所事事的觀察者看著，而我就是他，正抬頭猜疑。我在屋內也在屋外，生命的千變萬化讓我著迷，也讓我厭惡☆5。

梅朵把自己的椅子拉到我的椅子旁，嘴吐著熱氣，忽然開始向我傾訴她第一次和湯姆見面的經過。

「車廂裡有兩個面對面的位子，每次都是最後剩下的兩個空位。那天我要去紐約找我妹，在她那邊過夜。他穿西裝禮服和漆皮皮鞋，我忍不住一直看他，每次他一看我，我只得假裝在看他頭上的廣告。進到車站後他站到我旁邊，

☆5
Yet high over the city our line of yellow windows must have contributed their share of human secrecy to the casual watcher in the darkening streets, and I was him too, looking up and wondering. I was within and without, simultaneously enchanted and repelled by the inexhaustible variety of life.

白色襯衫前面緊貼我的手臂——於是我說要叫警察了，但他曉得我只是說說而已。跟他一起坐進計程車的時候我興奮得不得了，根本分不清自己是坐進地鐵車廂還是計程車。我不停地想，『人總有一天會死，人總有一天會死。』」

她轉向麥基太太，做作的笑聲傳遍室內。

「親愛的，」她大喊，「等我這件洋裝穿膩了，馬上送你。我明天還要再買一件。我要來列一張購物清單。要按摩，燙頭髮，給狗買項圈，還要一按就有彈簧彈開的可愛小菸灰缸，再買個上面有黑色絲綢蝴蝶結的花圈放在媽媽的墓前，這樣就可以撐一整個夏天。我一定得列張清單，才不會忘了我要做的事。」

當時是九點——緊接著我再次看錶，發現已經十點。麥基先生坐在椅子上睡著了，手握拳放在膝上，像一幀照片裡一個正要行動的男人。我掏出手帕，把他臉上那抹困擾我整個下午的泡沫乾漬擦掉。

小狗坐在桌上，透過煙霧盲目看著，偶爾發出微弱的嗚咽聲。人們消失又出現，計劃要去某個地方，然後找不著對方而彼此搜尋，在幾呎外的距離與對方相逢☆6。將近午夜時分，湯姆．布坎南和威爾森太太面對面站著，激昂地討論威爾森太太是否有權提起黛西的名字。

「黛西！黛西！黛西！黛西！」威爾森太太大喊。「我高興叫就叫！黛西！

☆6
People disappeared, reappeared, made plans to go somewhere, and then lost each other, searched for each other, found each other a few feet away.

黛——」

湯姆．布坎南以迅捷的動作伸手打斷她的鼻梁。

接下來是浴室地上染血的毛巾，女人責罵的聲音，比一片混亂還高音的是喊痛的哀號聲。麥基先生從瞌睡中醒來，茫茫然朝著門口走去。走到一半他轉身瞪著這幅場景——他太太和凱薩琳邊罵邊安撫，在擁擠的家具之間拿著救護用品碰來撞去，絕望的那位在沙發上繼續流血，一邊試著把一本《小城八卦》攤開來鋪在凡爾賽宮的織錦畫場景上。然後麥基先生掉頭繼續往門口走。我從水晶吊燈上拿了我的帽子，跟在他後面離開。

「改天過來吃中飯，」我們嘎吱嘎吱坐著電梯下樓時他提議。

「哪邊？」

「哪邊都好。」

「請不要把手放在槓桿上，」操作電梯的男孩打斷他。

「很抱歉噢，」麥基先生自重地說，「我可不知道我的手放在槓桿上。」

「好的，」我表示同意，「我很樂意。」

……我站在他的床邊，他坐在床上，身上只穿了內衣內褲，手上拿著很大一本作品集。

「〈美女與野獸〉……〈寂寞〉……〈老雜貨馬車的馬〉……〈布魯克林大橋〉……」

接著，然後我半睡半醒躺在冷冰冰的賓夕法尼亞車站下層，盯著早晨的《論壇報》，等待四點鐘的火車。

3

整個夏天裡，音樂聲徹夜從鄰居的屋子裡傳來。男人和女孩在他的藍色花園裡，在細語、香檳和星星之間如飛蛾般來來去去☆1。午後漲潮時，我看著他的客人從他的浮台高處跳水，或躺在他私人海灘的熱沙上享受日光浴，他的兩艘汽艇則從海灣破浪而出，拖著划水板駛過激流浪花。每逢週末，他的勞斯萊斯轎車變成了公車，從早上九點到午夜過後仍忙碌往返市區載送人群，他的旅行車則像隻敏捷的黃色小蟲，一蹦一跳與每一班火車會合。禮拜一的時候，八個傭人，包括額外請的一名園丁，拿著拖把、刷子、鐵鎚和園藝工具辛苦一整天，收拾前一天晚上的殘局。

每到禮拜五，紐約一家水果商會送來五箱柳橙和檸檬。每個禮拜一，同一批柳橙和檸檬變成無果肉的兩半，堆成金字塔從他的後門離開。廚房裡有一台機器，如果管家用手指按一個小按鈕兩百下，可以在半小時內榨出兩百顆柳橙的果汁。

☆1
In his blue gardens men and girls came and went like moths among the whisperings and the champagne and the stars.

至少每兩個禮拜會有外燴業者帶著好幾百呎長的帆布和大量彩色燈泡來，燈泡多到足以把蓋茨比的大花園變成一棵聖誕樹。自助餐檯上裝飾著亮晶晶的開胃菜，香料烤火腿緊挨著設計成丑角臉譜的沙拉，豬肉、火雞肉酥皮派烤成令人垂涎的金黃色。大廳裡搭了有真正黃銅手把的酒吧，貯存了琴酒、烈酒和早已被遺忘的甜香酒，大部分的女客年紀太輕，根本無法分辨那些酒的名字。

七點鐘，管弦樂團抵達——可不是單薄的五人樂隊，而是包括雙簧管、伸縮喇叭、薩克斯風、低音提琴、短號和短笛、高低音鼓的聲勢浩大完整樂團。最後一批泳客現在從海灘上來，正在樓上換衣服；紐約來的車子在車道上停了五排，大廳、交誼廳和長廊上已經充滿三原色的華服、奇異新潮的髮型，以及卡斯提爾王國居民[1]也夢想不到的披巾。酒吧全面開張，一輪一輪的雞尾酒滲透到戶外花園，歡聲笑語和漫不經心的諷刺影射讓空氣活躍，人們互相引見之後轉眼就忘卻，素昧平生的女人熱烈相聚☆2。

大地離太陽越來越遠，燈也愈發明亮，管弦樂團正演奏黃色雞尾酒音樂，於是歌劇般的人聲又往上拉高一個音。每分每秒過去，笑變得更容易，多到可以大肆揮霍，從每一個歡欣的字眼溜出來。團體變動現在更迅捷，隨著新加入的人而壯大，同時間解散又忽然組合起來——開始出現東遊西蕩的人，自信滿

☆2
The bar is in full swing and floating rounds of cocktails permeate the garden outside until the air is alive with chatter and laughter and casual innuendo and introductions forgotten on the spot and enthusiastic meetings between women who never knew each other's names.

滿的女孩在牢固穩定的人群間穿梭，愉快而短暫成為團體中心之後，便以勝利者之姿，在不斷變換的燈光下輕快穿越劇變的面孔、聲音和色彩。

在這些渾身珠光寶氣的吉普賽女孩之中，其中一位忽然伸手在半空中抓了一杯雞尾酒，一口灌下去壯膽，然後手動得像雜耍劇演員佛列斯科[2]，獨自在帆布舞池上起舞。短暫靜默後，樂團指揮配合她改變了節奏，人們一陣竊竊私語，誤傳她是吉爾達．葛蕾[3]在《富麗秀》[4]裡的候補演員。派對由此正式開始。

我相信第一天晚上我到蓋茨比家的時候，我是少數真正收到邀請函的客人。人們沒有獲邀，他們不請自來。他們坐上汽車被送到長島，不知怎的最後到了蓋茨比的門前。抵達以後，由某個認識蓋茨比的人介紹進入，之後的行為準則就比照遊樂場辦理。有時他們從抵達到離開，連蓋茨比的面都沒見過，單純來玩樂的心就是入場券。

實際上我有獲邀。週六一大早，一個穿淡藍色制服的司機穿越我的草坪，

1. 中世紀的西班牙古王國。
2. Joe Frisco是爵士時代的美國雜耍劇團舞者、喜劇演員。
3. Gilda Gray，一九二〇年代著名演員兼舞者，以「閃舞」（shimmy）出名。
4. Follies，由歌舞大王佛羅倫茲．齊格飛（Florenz Ziegfeld）製作的歌舞劇。

為他雇主送來一份意外的正式便函。上面寫道，若我能參加晚上的「小聚會」，蓋茨比將感到不勝榮幸。他看過我好幾次，早就想登門造訪，但因為情況不湊巧而未能成行——傑．蓋茨比簽名，威嚴的筆跡。

我穿著白色法蘭絨西裝，在七點過後不久走到他的草坪上，局促不安地在不認識的人群間走動，但不時注意到在通勤火車上見過的面孔。四散在各處的英國年輕人多得令我驚訝；全都穿著體面，全都看起來有點飢餓，大家都壓低聲音和穩健富有的美國人熱烈交談。我敢確定他們都在做買賣：債券、保險，或汽車。他們至少都心癢癢地意識到周圍盡是垂手可得的金錢，而且深信只要話說對了，錢就會是他們的。

我一到就設法尋找主人，但問了兩三個人，他們全都不可置信盯著我，矢口否認知道主人的行蹤，我只好悄悄往雞尾酒桌的方向移動——花園裡唯一可以讓單身男子逗留，又不會顯得漫無目的或無助的地方。

就在我快要因為難為情而醉到大聲喧譁之際，喬登．貝克從屋裡走出來，站在大理石台階最上方，身體微微往後仰，以輕蔑的興致俯瞰花園。

我怕自己就要開始和經過的人熱烈攀談，覺得自己必須趕緊依附在某人身旁，無論人家歡不歡迎我。

然。

「哈囉！」我咆哮，往她的方向前進。我的聲音在花園裡聽起來大聲且不自然。

「我就知道你也許會來，」走到她面前時，她心不在焉地說。「我記得你就住在隔壁——」

她冷淡地挽著我的手，當做她會照顧我的保證，然後去聽兩個站在台階下方穿同一款黃色洋裝的女孩說話。

「妳好！」她們倆齊聲大喊。「很遺憾妳這次沒贏。」

她們指的是高爾夫錦標賽。上禮拜她在決賽時落敗。

「妳不曉得我們是誰，」兩個穿黃衣的女孩其中一位說，「我們大概一個月前在這裡認識妳。」

「妳們染頭髮了，」喬登說，我有點驚訝，但兩個女孩已若無其事地往前走，喬登的話便留給過早露臉的月亮，那月亮就像晚餐一樣，毫無疑問，也是從外燴業者的籃子裡拿出來的。喬登金黃色的纖細手臂枕在我的手臂裡，我們走下台階在花園裡漫步。一托盤的雞尾酒穿越暮色向我們飄過來，我們和那兩個黃衣女孩及三個男人在一張桌子旁坐下，每個男人的自我介紹都是「口齒不清先生」。

「常來這類派對嗎？」喬登問身旁的女孩。

「上一次就是認識妳那次，」女孩回答，聲音機敏而自信。她轉頭面對同伴：「妳也是嗎，露西兒？」

露西兒也是。

「我喜歡來，」露西兒說，「我不在乎自己做了什麼，所以每次都很開心。上次我的洋裝被一張椅子勾破，他問我的名字住址——一個禮拜內我收到來自克洛伊里耶[5]的包裹，裡面有一件全新的晚禮服。」

「妳有把衣服留下來嗎？」喬登問。

「當然啊，本來今天晚上要穿，但胸圍太大了，要修改。顏色是煤氣藍，上面有淡紫色串珠。兩百六十五塊錢。」

「會做這種事的人就是有哪裡怪，」另一個女孩熱切地說。「他不願意得罪人。」

「誰不願意？」我問。

「蓋茨比。有人跟我說——」

兩個女孩和喬登鬼頭鬼腦地靠在一起。

「有人跟我說，人家覺得他曾經殺過人。」

我們所有人都不禁一陣毛骨悚然。三個口齒不清先生往前，認真聽了起來。

「我倒覺得不是，」露西兒持懷疑態度辯說，「應該是說他在大戰時期曾經當過德國間諜。」

其中一個男人點頭確認。

「我也聽一個人說過，這人跟他很熟，從小和他在德國一起長大。」他向我們保證。

「哦，不對，」第一個女孩說，「不可能的，因為大戰時期他是美軍。」現在可信度再次轉移到她身上，她興致盎然向前傾。「你趁他以為沒有人在看他的時候觀察他，我敢打賭他一定殺過人。」

她瞇起眼睛打個寒顫。露西兒也打個寒顫。大家都轉身四處張望，尋找蓋茨比。這證明他引起人們諸多浪漫遐想，眾人對他雖然所知不多，仍止不住對其他人竊竊私語。

第一份晚餐——午夜之後還有第二份——現在上菜，喬登邀我加入她的朋

5. 作者虛構出來的商家，靈感可能來自一九一七年在紐約設店的卡地亞珠寶商。Croirier的拼法與另一個法文字croire類似，後者的意思是「相信」。

友，他們已在花園另一邊圍著一張桌子坐定。其中有三對夫妻，以及陪同喬登來派對的一個大學生，他死纏爛打講話又十分拐彎抹角，而且明顯以為過不了多久，喬登就會落入他的手掌心。這群人不瞎扯且維持一派尊嚴，理所當然地認定自己是這個鄉下地方的端莊貴族代表——東卵對西卵的紆尊降貴，並小心翼翼不沾染其燈紅酒綠的歡愉。

「我們走吧，」喬登小聲說，浪費了不合時宜的半小時之後。「這裡對我而言太文雅了。」

我們起身，她說明我們要去找主人：我還沒見過他，她說，這讓我覺得不太自在。大學生點點頭，一副欲譏諷又沮喪的模樣。

我們先往酒吧掃視，那裡擠滿了人，但不見蓋茨比。從台階最上方往下看，她找不到他，長廊上也不見他人影。我們碰運氣試了一扇看起來很重要的門，走進一個挑高的哥德圖書室，雕花的英國橡木鑲板八成從哪個海外廢墟整個搬運過來的。

一個矮胖中年男子戴著巨大的貓頭鷹鏡框，醉醺醺地坐在一張大桌子邊上，勉強集中精神盯著書架上的書。我們進去的時候，他興奮地猛然轉過身，從頭到腳打量著喬登。

「你們覺得怎麼樣？」他急著盤問。

「什麼怎麼樣？」

他的手朝著書架揮了揮。

「那個。其實你們也不必檢查，我都檢查過了。全部是真的。」

「書嗎？」

他點點頭。

「完完全全是真的——書頁什麼的都有。我本來以為是什麼好看耐用的紙板。事實上，完全都是真的。書頁什麼的——等等！我拿給你們看。」

他直接把我們當懷疑論者，快步走到書架前拿了《斯塔德講座》第一冊[6]走回來。

「看吧！」他得意洋洋地大喊。「貨真價實的印刷品。我被愚弄了。這傢伙是貝拉斯科[7]。一大成就，如此徹底，多麼真實！還知道什麼時候見好就收——書頁還沒裁開。你們要什麼？還期待什麼？」

6. *Stoddard Lectures*，一八九七年出版的旅遊書，第一冊的內容是挪威、瑞士、雅典、威尼斯。

7. David Belasco，美國舞台監督，以布景逼真聞名。

他從我手上把書奪走，快速放回架上，喃喃說如果移動一塊磚頭，整個圖書室可能會崩塌。

「是誰帶你們來的？」他質問。「還是你們不請自來？有人帶我來。大部分的人都是被帶來的。」

喬登機警爽朗地看著他，沒有回答。

「一個姓羅斯福的女人帶我來的，」他繼續說。「克勞德．羅斯福太太。你們認識她嗎？我昨晚不知道在什麼地方認識她。我已經醉了大概一個禮拜，想說坐在圖書室裡看能不能清醒一點。」

「所以有嗎？」

「我覺得有一點點，還說不上來。我才在這裡待了一小時。我跟你們說過書的事嗎？都是真的。書——」

「你告訴過我們了。」我們鄭重和他握握手，轉身出去。

花園裡的帆布上開始有人跳舞；老男人不停地轉著不甚優雅的圓圈將年輕的女孩往後推，上流夫婦拐手拐腳地以時髦方式擁抱對方在角落起舞；還有許多單身女孩在獨舞，不時幫樂團彈一會兒班卓琴，或敲敲打擊樂器。到了午夜，歡樂的情緒更高漲。一位著名男高音唱起義大利歌曲，另一個聲名狼藉的女低音歌手在唱爵士樂，在歌曲表演的空檔，花園各處都有人在表演「特技」，快樂而空洞的爆笑聲飄向夏日的天空。舞台上有一對雙胞胎，原來就是穿黃衣服的那兩個女孩，穿戲服表演了一齣嬰兒戲，香檳倒在比洗指碗還大的杯子裡送上。月亮升得更高了，三角銀色鱗片在海灣上微微顫抖，隨著草坪上鏗鏘尖細的班卓琴聲飄盪。

我仍然與喬登．貝克在一起。我們坐的這張桌子有個年紀與我相仿的男人，以及一個喧鬧的年輕女孩，一點點煽動都能讓她笑得不可遏抑。現在我相當自在了，已經喝了兩個洗指碗的香檳，眼前的景象變得重大、根本而意義深遠。

娛樂節目暫歇的時候，那男人對著我微笑。

「您看起來有點面熟，」他客氣地說。「大戰時在第三師服役嗎？」

「咦，是啊，我在第九機槍營。」

「我在第七步兵營一直待到一九一八年六月。我就知道以前曾經在哪見過您。」

我們聊了一回法國陰雨灰暗的小村莊。顯然他就住在附近，因為他告訴我說他剛買了一台水上飛機，打算早上去試飛。

「要不要跟我一道去，老兄？就在海灣沿岸逛逛。」

「什麼時候？」

「您方便的時候都可以。」

我話到了嘴邊想問他尊姓大名，喬登轉過來對我一笑。

「現在開心了嗎？」她問。

「好多了。」我再度轉過頭面對新結識的朋友。「這派對對我來說不尋常。我到現在還沒見過主人。我就住那邊——」我的手往遠處看不見的樹叢揮了揮，「這個叫蓋茨比的人派司機送邀請函過來。」他看了我一會兒，彷彿不明白我的意思。

「我就是蓋茨比，」他忽然說。

「什麼！」我驚呼。「哦，真是抱歉。」

「我以為你知道了，老兄。恐怕我這個主人做得不夠好。」

他善解人意地一笑——而且遠遠超越善解人意。那個罕見笑容裡包含了無窮無盡的安慰，每個人一生中或許只能碰見四五次。它彷彿以一剎那的時間面對外在世界，然後便專注在你身上，對你偏袒到無以復加☆3。它在你願意被了解的程度內了解你，並且像你樂於相信自己那樣相信你，還向你保證，你給人

☆3

He smiled understandingly—much more than understandingly. It was one of those rare smiles with a quality of eternal reassurance in it, that you may come across four or five times in life. It faced—or seemed to face—the whole external world for an instant, and then concentrated on YOU with an irresistible prejudice in your favor.

的印象，就是你期待自己傳達出的最佳模樣☆4。正在那一刻，笑容消失——眼前是個優雅的年輕大老粗，三十一、二歲的年紀，說話刻意彬彬有禮，再超過一點就顯得荒謬。他還沒自我介紹之前，我就強烈感覺他說話字斟句酌。

差不多就在蓋茨比先生驗明正身時，管家匆忙走向他表示有通芝加哥的來電。他略微欠身向我們每個人致意，告退離開。

「想要什麼儘管開口，老兄，」他鼓勵我。「抱歉，我待會兒就回來。」

他走了以後，我趕緊轉向喬登——無法抑制自己的驚訝。我以為蓋茨比先生會是個浮誇肥胖的中年男子。

「他到底是誰？」我質問。「妳知道嗎？」

「就一個叫蓋茨比的人嘛。」

「我的意思是他打哪裡來的。他是做什麼的？」

「現在換你想打開這個話題了是吧，」她慘淡一笑回答。「嗯我想想，他曾經跟我說過他是牛津大學畢業的。」朦朧背景開始在她背後成形，但在她一說出下句話時便消散。

「可是我不相信。」

「為什麼不信？」

☆4
It understood you just so far as you wanted to be understood, believed in you as you would like to believe in yourself and assured you that it had precisely the impression of you that, at your best, you hoped to convey.

「不知道，」她堅決認為。「我就是不覺得他讀過牛津。」

她的口氣讓我想到另一個女孩說「我覺得他殺過人」，兩句話都刺激了我的好奇心。如果有人說蓋茨比是從路易斯安那州的沼澤冒出來，或來自紐約下東區，我會毫不懷疑接受。但年輕人——至少孤陋寡聞的我認為——就是不可能若無其事從不知名的地方浮現，然後在長島海灣買下一座宮殿。

「總之，他辦大型派對，」喬登說，以都市人不屑具體細節的口吻改變話題。「我喜歡大型派對，這麼私密。小型聚會裡一點隱私都沒有。」

大鼓聲隆隆響起，樂團指揮的說話聲忽然蓋過花園裡連綿不絕的人聲。

「各位先生女士，」他大聲說，「在蓋茨比先生要求下，我們將為各位演出佛拉迪米爾．托斯多夫最新作品，去年五月在卡內基音樂廳演出大受歡迎。如果諸位有看報，就知道在當時造成多大轟動。」他的口氣帶著快活的高傲，然後補充：「還真是轟動一時！」眾人笑出聲。

「曲名叫做，」他以宏亮的聲音作結，「〈佛拉迪米爾．托斯多夫的爵士世界史〉。」

我不知道托斯多夫先生作品的本質是什麼，因為音樂一開始，我的眼神便落到蓋茨比身上，他獨自站在大理石台階上方，用嘉許的眼光從一群人看到另一群人。他黝黑的臉皮緊緻好看，短髮看似每天修剪。我在他身上看不出什麼陰險之處。不知道是否因為他不喝酒，讓他在賓客之中格外顯眼，因為在我看來，此處如兄弟會似的尋歡作樂越多，他就變得越得體。〈爵士世界史〉演奏完畢，女孩們怯生生且心醉神迷地把頭枕在男人肩膀上，或隨興往後躺在男人懷抱裡，甚至倒入人群中，知道會有人接著——但沒有人倒在蓋茨比身上，也沒有一個鮑伯頭靠著他的肩膀，更沒有唱歌的四人組來邀請蓋茨比加入他們行列。

「抱歉。」

蓋茨比的管家忽然站在我們身後。

「貝克小姐？」他詢問。「很抱歉，蓋茨比先生想和您私下談談。」

「跟我？」她驚訝地說。

「是的，女士。」

她慢慢站起來，對我驚奇地揚起眉毛，跟著管家走進屋裡。我注意到她穿的是晚禮服，她穿起洋裝都像穿運動服——她動起來有種活潑姿態，彷彿她在高爾夫球場空氣清新的早晨裡初次學會走路。

我落單，現在接近兩點。從陽台上方有許多窗戶的長形房間裡不斷傳來一個混亂又引起人好奇的聲音。喬登的大學生正在和兩個歌舞女郎討論婦產科話題，並央求我加入，我走進室內避風頭。

大房間裡滿滿是人。黃衣女孩之一在彈鋼琴，身旁站了一位紅髮、高挑、來自著名歌舞團的年輕女郎正在唱歌。她已經喝了很多香檳，唱歌的時候她不合時宜地認定世事一切都悲傷哀戚——她不只在唱歌，更是在哭泣。歌曲一出現空檔，她就填以破碎的喘息啜泣，然後再以顫抖的女高音繼續演唱。眼淚沿著她的臉頰滾落——但不是順流而下，一碰到她畫得很濃的眼睫毛就變成墨水的顏色，像緩慢的黑色小河繼續往下流。有人幽默地表示她把音符唱在臉上，這時她兩手一攤，倒在一張椅子上，醉醺醺地沉沉睡去。

「她跟一個自稱是她丈夫的人吵了一架，」在我身邊的一個女孩解釋。

我四周環顧，還在屋裡的女人大多都正和據稱是她們丈夫的人在吵架。就連喬登的朋友，來自東卵的四人組，也意見不合而四分五裂。其中一個男人正熱烈地和一個年輕女演員聊天，一開始他太太還試著維持尊嚴，冷漠地對此一笑置之，最終完全崩潰而採取側面攻擊——每隔一段時間，她便像隻憤怒的響尾蛇突然出現在他身邊，對著他的耳朵嘶吼：「你答應過的！」

拒絕回家的還不限於任性的男人。大廳裡現在有兩個不幸仍清醒的男子以及他們憤怒不已的妻子。太太們以略微提高的音量互表同情。

「每次他看我玩得開心就想要回家。」

「我這輩子從來沒聽過比這還自私的事。」

「我們每次都最早走。」

「我們也是。」

「唔，今晚我們幾乎是最後走的，」其中一個男人怯懦地說。「管弦樂團半個小時前已經離開了。」

儘管太太們皆認為這麼惡毒的話簡直教人難以置信，經過短暫掙扎，爭辯還是結束，兩個太太被抱起，百般不願地踢著腳，消失在夜色裡。

在大廳等我的帽子時，圖書室的門打開，喬登．貝克和蓋茨比一起走出來。他還在跟她交代最後幾句話，但幾個客人走過來道別，他熱切的態度立刻收斂起來。

喬登的朋友在門廊不耐煩地呼喚，但她逗留了一會兒和我握手。

「我剛聽到一件最不可思議的事情，」她小聲說。「我們在裡頭待了多久？」

「哦，大概一小時。」

「真的是——太不可思議，」她出神地說。「但我發誓不能講出去，現在卻又這樣吊你胃口。」她優雅地對著我的臉打呵欠：「麻煩來找我……查電話簿……找一位雪歌妮．霍華太太……是我阿姨……」她邊說話邊匆匆離開。加入門邊友人的行列時，她小麥色的手輕快揮手致意。

我有點不好意思第一次出席就待到這麼晚，於是便加入圍繞蓋茨比的最後一批訪客。我打算解釋說早些時候一直在找他，並且為了在花園裡沒認出他和他道歉。

「沒關係，」他誠懇地囑咐我，「別放在心上，老兄。」那熟悉的稱謂，還不比他的手令人安心地掃過我的肩膀那麼熟悉。「還有別忘了明天早上九點鐘我們要搭水上飛機。」

管家出現在他背後：「費城那邊打電話找您，先生。」

「好，說我馬上過去……晚安。」

「晚安。」

「晚安。」他微笑——忽然間，待到最後才走似乎有種愉快的深意，彷彿他打從一開始就這麼盤算。「晚安，老兄……晚安。」

但我走下台階，看見夜尚未散場。距離門口五十呎處，十幾輛車的大燈照亮一個奇異而喧譁的場景。一輛新的雙門小轎車陷入路邊溝渠，右側朝上，但撞掉了一個輪胎，車子離開蓋茨比的車道還不到兩分鐘。圍牆上的尖銳突出是輪胎掉落的原因，現在有五六個好奇的司機正聚精會神看著。但因為他們下了車反而讓車子堵在路上，後面車子按喇叭的刺耳噪音已經傳來好一陣子，更增添現場的混亂。

一個穿長外衣的男人從撞毀的車子上下來，現在站在路中央，從車子望向輪胎，又從輪胎望向旁觀者，臉上表情愉快又困惑。

「看啊！」他解釋道。「車子掉進水溝裡。」

發生這件事讓他震驚不已，我首先注意到他獨特的驚奇口吻，然後才認出這個人——之前出現在蓋茨比圖書室那位。

「怎麼搞的？」

他聳聳肩。

「我對機械一竅不通，」他堅定地說。

「但到底是怎麼發生的？你撞到牆嗎？」

「別問我，」貓頭鷹眼說，把事情推得一乾二淨。「我對開車懂得不多——幾乎一竅不通。事情就是發生了，我只知道這樣。」

「哎，如果你是個糟糕的駕駛，就不應該在晚上開車。」

「但我連試也沒試，」他氣憤地解釋，「我連試也沒試啊。」

旁觀者震驚得說不出話。

「你是打算自殺嗎？」

「幸虧還只是一個輪子而已！不但是糟糕的駕駛，甚至連嘗試都不願意！」

「你不懂，」罪犯解釋。「開車的不是我，車上還有一個人。」

這則聲明一出，現場傳來長長的一聲驚訝「噢——啊——」，這時小轎車的門慢慢開了。人群——現在已經是一大群人——不情願地往後退，車門大開的時候有片刻陰森的停頓。然後，漸漸地，逐次地，一個蒼白搖晃的人從撞壞的車子走出來，穿著舞鞋的一隻大腳還先在地上試探地踩幾下。

車燈照得他張不開眼睛，連續不斷的喇叭聲又讓他昏頭，這幽靈搖搖晃晃站了一會兒，才看見穿長衣的男人。

「怎麼回事？」他冷靜地詢問。「車子沒油了嗎？」

「你看！」

五六隻手指著被截肢的輪子。他盯了好一會兒，然後抬頭往上看，彷彿他懷疑輪胎是從天上掉下來的。

「輪胎掉下來了，」一個人解釋說。

他點點頭。

「一開始我沒發現車子停下來了。」

停頓。然後他深呼吸挺直肩膀，以堅定的口吻說：

「誰能告訴我附近哪邊有加油站？」

至少有十幾個人，有些人只稍微比他清醒一點，向他解釋輪胎和車子老早分家了。

「退出來，」過了一會兒他提議。「用倒檔。」

「但輪子掉下來了！」

他遲疑了一下。

「試試也無妨，」他說。

現在喇叭聲像叫春一樣漸強，我轉身跨越草坪，往家的方向走。我回頭看了一眼。圓餅般的月亮照著蓋茨比的房子，夜晚一如先前優雅，捱過依然燈火通明花園裡的笑聲和喧鬧。瞬間的空虛似乎從窗戶和大門流瀉而出，顯得主人的身影分外孤獨，他站在門廊，手舉在半空中，做出正式的道別手勢。

重讀目前我所寫，我發現給人一個印象，彷彿這幾個禮拜內三個晚上發生的事吸走我所有的關注。相反的，這些不過是繁忙夏季裡的芝麻小事，一直到很久以後，這些事還遠不如關切自己的私人事務。

大部分的時間我工作。早上太陽把我的影子往西照的時候，我快速穿越紐約下城高樓間的白色縫隙，到普比提信託公司上班。我摸熟了其他行員和債券業務員的名字，和他們一起在昏暗擁擠的餐廳裡吃小香腸配馬鈴薯泥喝咖啡。我甚至還跟一個在會計部工作、家住澤西市的女孩談了一場小戀愛，但她哥哥開始朝我投以凶狠目光之後，我趁她七月去度假時讓戀情悄悄告吹。

晚上我通常在耶魯俱樂部用餐——不知為何，這通常是我一天之中最陰鬱的節目——然後我上樓到圖書室，花幾個小時苦讀投資和證券相關書籍。俱樂部裡常有幾個比較吵鬧的人，但他們從來不進圖書室，因此那裡是工作的好地方。之後，如果夜色柔和，我便沿麥迪遜大道走過舊莫瑞山旅館，然後過三十三街到賓夕法尼亞車站。

我開始喜歡紐約，夜裡那種粗俗、冒險的感覺，不斷閃動的男男女女和車輛，給靜不下來的眼睛一份滿足。我喜歡走在第五大道上，從人群裡挑出浪漫的女士，想像一下再過幾分鐘，我將進入她們的生命，不會有人知道，也不會有人反對。有時候，我在心裡跟隨她們到隱蔽轉角處的公寓，她們轉過來對我嫣然一笑，便消失在溫暖的黑暗中。有時在令人陶醉的大都會暮色裡，我感到一股甩不開的寂寞，在別人身上也感覺到——在窗戶前消磨時間的貧窮年輕職員，等待在餐廳裡獨自用餐的時間到來——黃昏下的年輕職員，虛度了夜晚和生命最酸楚的一刻。

然後到了八點鐘，四十幾街一帶的昏暗車道擠滿了五排悸動的計程車，等著開往劇院區，我又感覺心情低落。車裡的人影在等待時貼近，說話聲揚起，從我這兒聽不見笑話但傳來了笑聲，點亮的菸頭描繪出車子裡七十種模糊姿勢的輪廓。我想像自己也正急著去尋歡作樂，分享他們親密的興奮感，然後祝他們好運。

有一陣子我沒見到喬登·貝克，夏天過了一半又找到她。剛開始，和她出遊讓人覺得沾光，因為她是高爾夫球冠軍，大家都知道她的名字。但不只如此。我沒有真的愛上她，但感到一股溫柔的好奇心。她面對世界的那張無聊高傲的臉孔有所隱藏——大部分人的做作最終都有所隱藏，即使一開始沒有——然後有一天，我發現了實情。某次我們一同去華威克某戶人家的聚會，她讓借來的車停在雨中而車頂沒有架起，並且撒謊掩飾——忽然間我想起那天我在黛西家想不起來的那則故事。她第一次參加重要的高爾夫球錦標賽，有一場風波差點鬧上新聞——有人說她在準決賽時把球從一個不利的位置移開。整件事快要弄成醜聞——然後煙消雲散。球僮撤回他的聲明，唯一的另一名目擊者承認他可能看錯。那件事和那個名字一直留在我腦海裡。

喬登．貝克出於本能避開聰明機靈的人，現在我看出來了，因為她覺得和不會違背道德規範的人來往比較安全。她無可救藥地不誠實☆5。她無法忍受處於劣勢，因為這層不情願，我想她可能從很年輕的時候就學會找藉口，以維持她面對世人的傲慢冷笑，同時又迎合她結實、矯健身體的需求。

對我而言，這點無可厚非。你不能真正去責怪一個女人不誠實——我只稍微感到遺憾，然後就拋諸腦後☆6。也是在那次派對，我們之間有過一段關於開車的奇特對話。起因是她開車時開得離路上的工人太近，車子的防護板擦到一個工人外衣上的鈕扣。

「妳開車技術也太爛了吧，」我抗議。「要不就小心一點，不然就別開車。」

「我很小心。」

「不，妳才沒有。」

「嗯，其他人會小心，」她淡淡地說。

「那跟妳開車有什麼關係？」

「別人會避開我，」她堅稱。「意外總是要兩個人才會發生。」

「萬一碰到跟妳一樣不小心的人呢？」

☆5
Jordan Baker instinctively avoided clever shrewd men and now I saw that this was because she felt safer on a plane where any divergence from a code would be thought impossible. She was incurably dishonest.
☆6
It made no difference to me. Dishonesty in a woman is a thing you never blame deeply—I was casually sorry, and then I forgot.

「希望永遠不會，」她回答。「我討厭粗心大意的人。所以我才喜歡你。」

她瞇起灰色的眼睛直視前方，但她已經刻意改變了我倆的關係。有那麼一剎那，我以為我愛著她。但我是個思考慢半拍、有各種內在規則替欲望踩剎車的人，我知道首先必須擺脫家鄉那段糾葛才行。我仍然每個禮拜寫信並在信尾署名「愛妳的尼克」，但我滿腦子想的都是那個女孩在打網球時，上唇會出現鬍鬚般的細微汗珠。雖然如此，還是有個曖昧關係必須先巧妙解除，我才能算是個自由人。

每個人都設想自己或許至少有一項根本美德，屬於我的是：我是我認識的人裡頭少數真正誠實的人☆7。

☆7
Everyone suspects himself of at least one of the cardinal virtues, and this is mine: I am one of the few honest people that I have ever known.

4

星期天早上，教堂鐘聲響徹沿岸村莊，型男型女又回到蓋茨比的豪宅，在他的草坪上閃亮歡笑。

「他是個私酒販子，」幾位年輕女士穿梭在他的雞尾酒和鮮花之間。「有一次他殺了一個人，因為那人發現他是興登堡[1]的侄子，興登堡就是魔鬼的表兄弟。幫我拿朵玫瑰，親愛的，然後再幫我把剩下的酒倒到那邊的水晶杯裡。」

有次我曾經在火車時刻表旁的空白處寫下那年夏天到蓋茨比家做客的賓客姓名。那張時刻表已經很舊，紙折處已經快破了，上面標明「一九二二年七月五日起生效」。但寫在上面的灰色名字還能辨識，這比我的概括介紹會清楚許多，讓人知道究竟是哪些人接受過蓋茨比款待，並以對他一無所知做為巧妙的回敬。

1. Paul von Hindenburg，德國陸軍元帥，威瑪共和國時期曾任帝國總統九年。

東卵那邊來的有切斯特．貝克夫婦、里區夫婦，我在耶魯就認識的一個叫邦森的男人，還有韋伯斯特．西維特醫生，去年夏天在緬因州淹死的那位。然後是霍恩賓夫婦、威利．伏爾泰夫婦，以及一群姓布雷克巴克的，這些人總是聚集在角落，一有人走近，他們就像山羊一樣對人揚起鼻子。然後還有依斯梅夫婦、克里斯蒂夫婦（確切說是休伯特．奧博巴哈與克里斯蒂先生的老婆），和埃德加．貝佛，據說在某年冬天下午，他的頭髮沒來由地全部變成雪白。

我印象中，克萊倫斯．恩迪夫也來自東卵。他只來過一次，穿白色燈籠褲，跟一個叫艾提的無賴在花園裡打了一架。從長島更遠處來的有奇朵夫婦，O．R．P．許瑞德夫婦，喬治亞州來的是史東沃爾．傑克森．亞伯拉罕夫婦、費許嘉德夫婦和瑞普利．史奈爾夫婦。史奈爾在快入獄的前三天來，酩酊大醉倒在鋪碎石的車道上，結果被尤利西斯．史威特太太的汽車碾過右手。丹西夫婦也來過，還有六十好幾的S．B．懷特貝特，以及莫里斯．A．佛林克，漢莫赫德夫婦，菸草進口商貝魯加，以及貝魯加帶來的女孩。

來自西卵的客人有波爾夫婦、莫瑞迪夫婦、塞梭．羅巴克、塞梭．蕭恩，和州參議員紐頓．歐基德，他是「優越電影公司」的後台老闆，艾克豪斯特、克萊德．孔恩、唐．史瓦茲（兒子）和亞瑟．麥卡錫，以上都和電影圈多少有些關係。再來是凱特利普夫婦、班伯格夫婦、G．厄爾．穆敦，他是後來勒死老婆的那個穆敦的親兄弟。活動承辦商達．馮塔諾來過，艾德．勒格洛斯、詹姆斯．B（劣酒）．佛瑞特、迪．楊夫婦、恩尼斯特．利里——這些人都是來賭博，如果佛瑞特晃到花園裡頭去，表示他已經輸了個精光，隔天「聯合機械公司」的股票就得為了獲利而漲跌一番。

一個叫克里普史普林爾的人經常出現又待得很久，後來人人都稱他為「房客」，我懷疑他可能根本無家可歸。戲劇界的人有蓋斯．懷茲、霍瑞斯．歐唐納文、萊斯特．梅爾、喬治．達克威和法蘭西斯．布爾。同樣來自紐約的克洛姆夫婦、貝克海森夫婦、丹尼克夫婦、羅素．貝提、科瑞根夫婦、凱爾赫斯夫婦、杜瓦爾夫婦、史考利夫婦、S．W．貝爾雀、史邁克夫婦和年輕的昆恩斯夫婦，目前已經離婚，然後是亨利．L．帕爾梅托，後來在時代廣場跳到地鐵車前面自殺。

班尼．麥克納罕總是和四個女孩子一起來。每次都不是同樣的人，但外表一模一樣，讓人不得不以為她們從前來過。名字我已經忘記，好像是賈桂琳，還是康蘇拉，還是葛洛莉亞、茱蒂或瓊，每個人的姓氏都是花朵或月分等悅耳動聽的字，或是美國大資本家之流比較嚴峻的姓氏，倘若有人追問，她們會承認自己和那些人有表親關係。

除了上述，我還記得佛斯緹娜．歐布萊恩至少來過一次，然後是貝德克家的女孩子，年輕的布魯爾在大戰時鼻子被槍炮打掉。再來是艾爾布拉克斯伯格先生和他的未婚妻海格小姐，還有阿爾迪塔．費茲—彼得斯和P．朱威特先生，他曾經是退伍軍人協會主席，克勞迪亞．希普小姐和男伴——據說是她的司機，以及我們稱呼為公爵的某某親王，我不知道他的姓名，就算曾經知道，現在也已經忘記。

這些人都在夏天光臨過蓋茨比的別墅[2]。

七月底某天早上九點鐘，蓋茨比的豪華轎車搖搖晃晃開上我家門口崎嶇不平的車道，三個音符的喇叭大聲放送出一串旋律。這是他第一次來找我，但之前我已經去過他的派對兩次，也坐過他的水上飛機，在他熱烈邀請下也經常使用他的沙灘。

「早安，老兄。今天你跟我一起吃午飯，我想我們就一起開車進城吧。」

他一腳踏在儀表板上平衡身體，那敏捷姿勢是美國人獨有——我猜是因為不抬重物、年輕時也不正襟危坐的緣故，影響更大的還有我們優雅瀟脫的激烈運動☆1。從他拘謹舉止不斷透露出的焦躁不安，可以看出這項特質。他從不曾

☆1

He was balancing himself on the dashboard of his car with that resourcefulness of movement that is so peculiarly American—that comes, I suppose, with the absence of lifting work or rigid sitting in youth and, even more, with the formless grace of our nervous, sporadic games.

完全靜止下來；不是一隻腳在地上點，就是手不耐煩地張開又握拳。

他看見我用欽羨的眼光看著他的車子。

「車子很漂亮吧，老兄？」他跳下來讓我瞧個清楚。「之前沒看過嗎？」我看過。大家都看過。飽和的米黃色，鍍鎳處閃閃發亮，加長的車身各處膨起一個帽盒或晚餐盒或工具盒的空間，如迷宮排列的擋風玻璃反射出十幾個太陽。於是我們坐在有如綠色皮革溫室的多層玻璃後面，開車進城。

過去一個月我和他聊過大概五六次，失望地發現這個人沒什麼話講。當初以為他是個重要人物的印象已經煙消雲散，現在的他對我而言，只是在隔壁開豪華旅館的老闆。

然後便有了那次惴惴不安的同車行。還沒到西卵村，蓋茨比華麗的句子說到一半便打住，一面猶豫不決地用手拍著他褐色西裝的膝蓋處。

「聽著，老兄，」他忽然脫口而出。「你對我到底是什麼看法？」我有點不知所措，面對這個問題，給了一個理所當然顧左右而言他的回答。

「好，我要告訴你一些我的身世。」他沒等我說完便插嘴。「我不想你被關於我的那些傳聞誤導。」

2. 部分賓客姓氏為雙關語，有興趣的讀者不妨找原文對照。

所以，他畢竟還是知道眾人在他的大廳裡編造的一些稀奇古怪指控。

「上帝作證，我以下所說全都屬實。」他的右手忽然做出要求上天報應待命的手勢。「我是中西部一個大戶人家的兒子，家人都過世了。我在美國長大，但在牛津受教育，因為多年來我的祖先都在那裡就學。這是家族傳統。」

他沒有正眼看我——我明白為何喬登．貝克相信他在撒謊。講到「在牛津受教育」時他含糊帶過，或吞吞吐吐，彷彿這句話從前給他麻煩。我起了疑心，再難相信他的通篇宣言，不禁懷疑他是否真有些不可告人的過去。

「中西部的什麼地方？」我隨口問。

「舊金山。」

「原來如此。」

「我的家人全部過世了，我繼承了一大筆錢。」

他的語氣嚴肅，彷彿家族忽然殞滅的回憶仍然令他心有餘悸。有那麼一剎那我懷疑他在跟我開玩笑，但我看了他一眼，確定不是如此。

「之後，我像年輕的印度王公在歐洲各大首都安身立命——巴黎、威尼斯、羅馬——蒐集珠寶，主要是紅寶石，打獵，畫畫，都是一些個人興趣，試著遺忘多年前遭逢的一件悲哀往事。」

實在太令人不可置信，我強忍住才沒笑出聲。他的說辭陳腔濫調，我只想像得出一個纏頭巾的戲劇「角色」在巴黎的布隆公園追老虎，身上小孔不停漏出鋸木屑來。

「後來戰爭開打了，老兄。對我而言是多大的解脫，我努力求死，但這條命像是有上天保佑一樣。大戰剛開始，我授銜成為中尉，在阿爾岡林山我帶領兩個機槍分遣隊遠到最前線，左右兩邊都出現半哩空隙，步兵團無法推進。我們在那裡血戰兩天兩夜，一百三十個人帶著十六把路易斯式輕型機關槍，等步兵團終於抵達，他們在一堆死屍之中找出隸屬三個不同軍團的德國佩章。我被拔擢為少校，每個同盟國政府都頒勳章給我——甚至是亞德里亞海的小國蒙特內哥羅！」

小國蒙特內哥羅！他提高音量說出這幾個字，面帶微笑點頭稱是。這個微笑了解蒙特內哥羅紛擾的過去，並且對蒙特內哥羅人民的英勇抗爭深表同情。這微笑代表他完全領會一連串的國際情勢，導致心懷感激的小國蒙特內哥羅給他這個褒獎。我的不可置信現在被驚奇淹沒，那感覺像快速翻閱十幾本雜誌。

他伸手到口袋裡，然後一塊繫著絲帶的金屬落入我的手掌心。

「這就是蒙特內哥羅給我的勳章。」

出乎我的意料，這東西看起來像真貨。

「丹尼羅勳章，」上頭的環形刻字寫著，「蒙特內哥羅，尼克拉斯．雷克斯國王。」

「翻過來。」

「傑．蓋茨比少校，」我唸道，「英勇過人。」

「還有一樣東西我也隨身攜帶，是牛津時期的紀念品。在三一學院的四方庭前拍的——站在我左邊那個人，現在是唐卡斯特伯爵。」

照片裡是五六個穿運動上衣的年輕男子，在一個拱門下悠閒站著，透過拱門可見許多尖塔。蓋茨比在裡頭看起來年輕幾歲，但沒有跟現在相去太遠——手上拿了一根板球球板。

所以說，全都是真的了。我看見老虎皮在他位於威尼斯大運河上的宮殿裡耀眼奪目；我看見他打開放了紅寶石的盒子，珠寶深紅色的光芒撫慰著他破碎的心。

「今天有件大事要請你幫忙，」他心滿意足地把紀念品放回口袋時說道，「所以我想該讓你了解一下我的背景，不希望你以為我只是個無名小卒。你也知道我常和陌生人相處，因為我四處飄泊，就為了忘記那件傷心事。」他停頓了一下。「今天下午你就會知道原委。」

「午餐時候嗎？」

「不，下午。我碰巧聽說你今天要和貝克小姐用下午茶。」

「你的意思是你愛上了貝克小姐？」

「不不，老兄。我沒有。但貝克小姐人非常好，同意和你談這件事。」

我完全不知道「這件事」究竟是指什麼，而且我的感覺是煩多過於好奇。我並沒有邀請喬登去用茶，以便討論傑．蓋茨比先生。我敢肯定一定是什麼荒誕不經的要求，一時之間我真後悔當初踏上他那過於擁擠的草坪。

他不肯再說一個字。越接近城裡，他越發拘謹。我們經過羅斯福港，船身漆了一圈紅漆的遠洋漁船一閃而過，我們高速開過鋪石子路的貧民窟，在兩邊陰暗仍有人光顧的酒館外，十九世紀的鍍金已經褪色。接著，灰燼之谷在我們面前的兩旁展開，我瞥見威爾森太太喘著氣，充滿活力在加油機旁奮力工作。

車子的防護板像翅膀那麼寬，揮灑光線到半個長島市——只有半個，因為當我們沿著公路梁柱左彎右拐的時候，傳來熟悉的「嘟—嘟—噗！」摩托車聲，一名警察慌慌張張地騎到車子旁邊。

「好的，老兄，」蓋茨比大聲說。我們減速。他從皮夾裡拿出一張白色卡片在那人面前晃晃。

「沒問題了，」警察應諾，輕輕碰一下帽沿。「下次會認得您，蓋茨比先生。失禮了！」

「那是什麼？」我探問。「牛津的照片嗎？」

「我幫過警察局長一個忙，他每年寄耶誕卡片給我。」

車行過橋上，陽光穿過縱梁，不斷在行進的車上閃爍，河對面是城市的白色高塔和方糖似的大樓，都是由滿足銅臭味的錢蓋起的。從皇后區大橋望向城裡，每回都像是第一眼看見這城市，應許著全世界的秘密和美麗☆2。

一輛堆滿鮮花的靈柩車超越我們，後面跟著兩輛拉下窗簾的馬車，接著是幾輛馬車載著鬱鬱寡歡的友人，他們向外看著我們，從那悲傷眼神和短上唇可知他們來自東南歐，我很高興他們在陰鬱的假日裡看見了蓋茨比光彩奪目的車。途經布萊克威爾島時，一輛加長禮車開過我們身邊，白人司機在開車，裡頭坐了三個時髦的黑人，兩男一女。他們傲慢地翻白眼，想與我們一較高下，我大聲笑了出來。

「過了這座橋之後什麼事都會發生，」我心想，「什麼事都有可能……」

就連蓋茨比這種人也會出現，一點也不稀奇。

☆2
The city seen from the Queensboro Bridge is always the city seen for the first time, in its first wild promise of all the mystery and the beauty in the world

炎熱的中午。在一間風扇大開的四十二街地下樓餐廳，我和蓋茨比碰面吃午餐。我眨眼驅走外面街上刺眼的光，同時模糊看見他在前廳裡跟另一個人講話。

「卡洛威先生，這是我朋友沃夫山先生。」

一個矮小塌鼻的猶太人抬起他的大頭，用兩個鼻孔裡茂密的鼻毛打量我。過了一會兒，我在半昏暗的空間裡找到他的小眼睛。

「——於是我看了他一眼，」沃夫山先生說，熱烈和我握手，「你猜我做了什麼？」

「什麼？」我客氣地問。

但那句話顯然不是對我說的，因為他放開我的手，用他充滿表情的鼻子對著蓋茨比。

「我把錢拿給凱茨帕，我說：『好吧，凱茨帕，在他沒閉嘴之前一毛錢也別付給他。』他當場就閉上了嘴。」

蓋茨比拉著我們的胳臂往餐廳前進，沃夫山嚥下正要開口說的一句話，陷入夢遊般的出神狀態。

「要來杯威士忌加蘇打嗎？」領班問。

「這家餐廳很不錯，」沃夫山先生望著天花板的仙女說。「但我更喜歡對面那間！」

「好，威士忌加蘇打，」蓋茨比同意，然後對著沃夫山先生說：「那邊太熱了。」

「又熱又擠——沒錯，」沃夫山先生說，「但充滿回憶。」

「那是什麼地方？」我問。

「老大都會。」

「老大都會，」沃夫山先生陷入愁緒，「多的是已經逝去的面孔，永遠離開人間的朋友☆3。我絕不會忘記羅西．羅森塔在那裡被槍殺的晚上。我們六個人坐一桌，羅西整晚吃喝了不少。快到早上的時候，服務生一臉怪相走到他身邊，說外頭有人想跟他說句話。『好，』羅西說，準備起身，我把他拉回椅子上。

「『要找你的話，叫那混帳進來，羅西，你幫我個忙，不要離開這裡。』

「那時是凌晨四點，我們要是拉開窗簾就會看到天亮。」

「他有去嗎？」我天真地問。

☆3
'The old Metropole,' brooded Mr. Wolfshiem gloomily. 'Filled with faces dead and gone. Filled with friends gone now forever.

「當然有。」沃夫山先生的鼻子氣憤地朝我閃了一下。「他在門口回頭說：『別讓服務生收走我的咖啡！』然後便走到人行道上，他們對著他吃撐的肚子開了六槍以後開車逃逸。」

「四個人被送上電椅，」我說，記起了這則新聞。

「五個，連貝克算在內[3]。」他的鼻孔以一種有趣的方式轉向我。「我聽說你在找做生意的管道。」

這兩句話並列令我吃驚。蓋茨比替我回答：

「哦，不是，」他連忙稱，「不是這個人。」

「不是嗎？」沃夫山先生好像頗失望。

「這只是一位朋友。我跟你說過我們改天再談那件事。」

「對不起，」沃夫山先生說，「我搞錯人了。」

一盤可口多汁的肉末洋芋送上來，沃夫山先生忘掉老大都會的感傷，狼吞

3. 根據當年的真實事件。一九一二年七月十六日，賭徒赫曼・羅森塔（Herman Rosenthal）從大都會飯店步出，被下東區猶太幫派槍殺身亡，槍擊案的背後主腦之一是紐約刑警查理・貝克（Charles Becker）。

虎嘯吃了起來。同時間，他的眼睛慢慢環顧室內，檢視到正後方的人時，剛好完成一整個弧形。我在猜要不是有我在場，他或許還會快速朝桌子底下掃一眼。

「聽我說，老兄，」蓋茨比往我這邊靠過來。「今早在車上恐怕我有點惹你不高興。」

又是那個微笑，但這次我沒有被收服。

「我不喜歡秘密，」我回答。「我也不懂你為何不直接告訴我你要什麼。為什麼還要經過貝克小姐？」

「哦，不是什麼不正當的事，」他向我擔保。「貝克小姐是位優秀的運動員，你知道，不妥的事她絕對不會做。」

他忽然看看手錶，跳起來快速離開餐廳，留下我和沃夫山先生在餐桌旁。

「他得打通電話，」沃夫山先生目送他離開。「優秀的人，是吧？相貌堂堂，又是完美的紳士。」

「是的。」

「牛勁[4]畢業的。」

「哦！」

「他唸英國的牛勁大學，你聽過牛勁大學吧？」

「有聽說過。」

「全世界最有名的大學之一。」

「你認識蓋茨比很久了嗎？」我探問。

「好幾年了，」他心滿意足地回答。「大戰剛結束我有幸認識他，我跟他聊了一小時，就知道遇見了一個上等人家出身的子弟。我告訴自己：『這個人讓人想帶回家介紹給母親和姊妹認識。』」他停頓。「我看你在看我的袖扣。」我本來沒在看他的袖扣，但經他一提便看了一眼。那是用一種奇特而熟悉的象牙質地做成的。

「最上等的人類臼齒樣本。」他讓我知道。

「嗯！」我仔細看。「非常有意思。」

「對。」他把袖子折進外套裡面。「是的，蓋茨比對女人很小心。連朋友的老婆都不會多看一眼。」

那位讓人直覺想信賴他的對象回到桌邊坐下，沃夫山猛地喝完咖啡站了起來。

4. 沃夫山把牛津Oxford唸成Oggsford。

「這一頓飯吃得很愉快，」他說，「我要在惹人嫌之前離開你們兩位年輕人。」

「急什麼，邁爾，」蓋茨比淡淡地說。沃夫山先生舉起手像是在賜福。

「你太客氣，但我是上一代的人，」他莊重地說。「你們就坐這邊聊你們的體育賽事，聊年輕小妞還有你們的——」他手一揮，替代一個想像的名詞。「我呢，我已經五十歲了，不再打擾你們。」

跟我們握手和轉身離去時，他那悲劇性的鼻子在顫抖。不知道是不是因為我說了什麼冒犯他的話。

「有時候他很多愁善感，」蓋茨比解釋道。「今天又是他感傷的日子。他在紐約一帶是個知名人物，總是在百老匯附近出沒。」

「他到底做什麼的，他是演員嗎？」

「不是。」

「牙醫？」

「邁爾．沃夫山？不，不是，他是賭徒。」蓋茨比遲疑了一下，然後輕描淡寫地補充：「一九一九年世界大賽打假球事件就是他操弄的。」

「世界大賽打假球是他操弄的？」我複述一次。

我聽得愣住了。我當然記得一九一九年世界大賽打假球的事，但在我的想法裡，那只是一件發生過的事情，因為一連串無可避免的事件而發生。我從來沒想過一個人就像個一心要炸開保險箱的強盜，可以愚弄五千萬人的信念。

「他怎麼會去做這種事？」過了一分鐘我才問。

「剛好看準一個機會。」

「為何他沒有去坐牢？」

「人家逮不到他，老兄。他是個聰明人。」

我堅持午餐由我付賬。服務生找零錢過來的時候，我剛好看見湯姆．布坎南坐在擁擠餐廳的另一頭。

「跟我過去一下，」我說，「我得跟人打個招呼。」湯姆一看見我們立刻站起來，往我們的方向跨出五六步。

「你這陣子跑哪裡去了？」他急著問。「黛西氣得很，你連一通電話都沒打。」

「這位是蓋茨比先生，布坎南先生。」

他們短暫握手，蓋茨比的臉部緊繃，且出現少見的窘態。

「總之，你最近過得如何？」湯姆繼續追問。「你怎麼會跑這麼遠來吃飯？」

「我跟蓋茨比先生一起來用餐。」

我轉頭去看蓋茨比先生，但他已經不見人影。

一九一七年十月的某一天——（那天下午在廣場飯店的下午茶花園裡，在一張直挺挺的椅子上坐得直挺挺的喬登·貝克開始敘說。）

——我正要去另一個地方，一隻腳踏在人行道，另一隻踩在草坪上。踩在草坪上讓我比較開心，因為那天我穿了一雙英國買的膠底鞋，走在柔軟的土地會稍微陷進去。我還穿了一件新的格子裙，風吹時會稍微掀起，每當裙子被風吹起來，每一間房屋前面的紅白藍三色旗幟就漲起，發出嘖嘖嘖的聲音表示不以為然。

旗幟最大，草坪也最大的是黛西·費的家。她才剛滿十八歲，比我大兩歲，也是全路易維爾最受歡迎的少女。她穿白衣服，開一輛白色敞篷小轎車，家裡電話整天響個不停，都是泰勒營[5]那些興奮的年輕軍官，打來想獨占她整晚的時間。「至少一個小時也好！」

那天早上我走到她家對面的時候，她的白色敞篷小轎車停在路邊，她和一位我沒見過的中尉坐在車子裡。他們沉浸在兩人世界，我一直走到五呎內距離她才看見我。

「嗨，喬登，」她忽然叫住我。「請妳過來一下。」

她想跟我說話，讓我高興了好一下子，因為在所有年紀大一點的女孩子裡，我最仰慕的就是她。她問我是不是要去紅十字會幫忙做繃帶。我是。那麼，可不可以麻煩我幫她轉達，她那天沒辦法過去？黛西說話時，那位軍官看著她的方式，就是每一個女孩子都希望總有一天有人能這麼看著自己，讓我覺得很浪漫。因此我一直記得那天。他的名字是傑・蓋茨比。四年多以來我不曾見過他的面——就連在長島碰到他，我也沒想到原來是同一個人。

那是一九一七年。隔年我也有了幾個追求者，而且開始打錦標賽，所以我和黛西不常見面。她跟一群年紀比我稍長的人在一起——當她有和別人來往的時候。誇張的傳言傳得很凶，說她母親在某個冬天晚上發現她打包了行李要去紐約，和一個即將派到海外的軍官道別。她當然被阻止了，但有幾個禮拜時間，她不肯跟家人說話。後來她不再和軍人來往，只跟城裡幾個因近視和扁平足而無法參戰的年輕男孩子玩在一起。

5. 一次大戰前的軍營，位於路易維爾以南六英里，費滋傑羅曾在此地服役。

隔年秋天她又活潑起來，就像以往一樣活潑。大戰結束後她正式進入社交界，二月時據說和一個紐奧良的人訂了婚。六月，她嫁給芝加哥人湯姆．布坎南，婚禮的排場在路易維爾前所未見。他帶了一百個人，開了四輛私家轎車下來，在塞爾巴赫飯店包下一整層樓，婚禮前一天他送給她一條價值三十五萬元的珍珠項鍊。

我是伴娘。新娘晚宴的半小時前我走進她房間，看見她躺在床上，可愛如她印花洋裝上的六月夜——而且醉得像隻猴子。她一手抓著一瓶蘇特恩白酒，另一隻手捏著一封信。

「恭……喜我，」她含糊不清地說。「我從來沒喝過酒，但是今天喝得好痛快！」

「怎麼回事，黛西？」

告訴你，我嚇壞了；我從來沒看過一個女孩子醉成這樣。

「來，親愛的。」她伸手到她放床上的一個垃圾桶裡頭摸索，拿出一條珍珠項鍊。「拿到樓……下去，看看是誰的東西就還給誰。告訴大家黛西改變心意了。就說『黛西改變心意了！』」

她開始哭，哭個不停。我衝出去找她母親的女傭，我們把房門鎖上，扶她去泡冷水澡。她不肯放開那封信，拿著一起進到浴缸，捏成一個濕漉漉的紙團，直到看見紙團已經碎成雪片，才肯讓我把它放到皂盤裡。

但她沒有再說一個字。我們給她聞氨酒精，在她額頭放冰塊，再幫她把洋裝穿上，半個小時之後我們走出房間，珍珠項鍊掛在她的脖子上，整個事件落幕。隔天下午五點鐘，她若無其事地嫁給湯姆．布坎南，然後出發前往南太平洋旅行三個月。

他們回來後，我在聖塔芭芭拉見過他們，我覺得我從來沒見過一個女孩子對她的丈夫這麼神魂顛倒。就算他離開屋裡只有一分鐘，她也擔心地四處張看，說：「湯姆去哪裡了？」整個人魂不守舍，直到看見他又進門來才放心。她常坐在沙灘上，讓他的頭枕在自己膝上好幾個小時，手指頭按摩他的眼睛，歡喜得不得了地看著他。看著他們兩個在一起很動人——讓人覺得新奇而禁不住偷笑。那是八月。一個禮拜後我離開聖塔芭芭拉，某天晚上湯姆在溫圖拉路撞上一輛馬車，車子掉了一個前輪。跟他一道的女孩也上了報，因為她斷了一隻手臂——她是在聖塔芭芭拉飯店工作的客房部女服務生。

隔年四月黛西生了個小女兒，他們去法國待了一年。春天時我在坎城見過他們，之後在多維爾又見過一次，後來他們回到芝加哥落腳。黛西在芝加哥非常受歡迎，這你知道。他們和一群紈褲子弟一起活動，每個都年輕、有錢又放蕩，但她的名聲始終完美無瑕。在一群酒喝得很凶的人之間，不喝酒很占便宜。你可以克制自己言行，若自己有什麼行為不檢，還能抓好時間，趁其他人醉瞎了或看不見也不在乎的時候再去做。也許黛西從來不搞曖昧——但她的聲音裡就是有一點……

唔，大約六個禮拜以前，是她多年來第一次聽到蓋茨比的名字。就是我問你——你還記得嗎？——在西卵是否認識一個叫蓋茨比的。你回家以後，她到我房間裡把我叫醒，說：「哪個蓋茨比？」當我形容他的時候——我還半睡半醒——她用很奇怪的聲音說，那一定是她從前認識的那個人。直到當時，我才把這個蓋茨比和坐在她白色敞篷車裡的軍官連起來。

等喬登．貝克說完這些，我們已經離開廣場飯店半個小時，坐在一輛四輪馬車在中央公園裡頭逛。太陽已經落到西五十幾街電影明星住的高樓大廈後面，小女孩清脆的聲音像草叢裡的蟋蟀，穿透炎熱的傍晚：

我是阿拉伯酋長

你的愛屬於我
夜裡你睡意正濃
我潛入你的帳篷——

「真是奇怪的巧合啊，」我說。

「但這根本不是巧合。」

「為什麼不是？」

「蓋茨比買下那棟房子，就因為黛西住在海灣正對面。」所以那個六月夜裡，讓他嚮往的不只是滿天星斗而已。他在我面前活了過來，瞬間從毫無意義的華麗裡脫胎而出。

「他想知道，」喬登接著說，「你是否可以在哪天下午邀請黛西到家裡，然後讓他過去坐一坐。」

這樣謙遜的請求令我震驚。他等了整整五年，買了一棟豪宅，散播星光給來往的飛蛾，就為了可以在某天下午「過去」某個陌生人的花園坐一坐。

「他非得讓我知道這一切，才能提出這麼微不足道的要求嗎？」

「他會怕，他已經等了這麼久。他怕冒犯到你。你別看他外表那樣，其實他骨子裡是個大老粗。」

有件事還是讓人擔心。

「他為什麼不讓妳安排見面就好？」

「他要她看見他的房子，」她解釋。「你家剛好就在隔壁。」

「喔！」

「我想他半指望著哪一天她出現在他的派對上，」喬登繼續說，「但她始終沒有來過。於是他開始隨口問人是否認識她，我是他找到的第一個。那天晚上他在舞會上派人來找我，你真應該聽聽他是怎麼拐彎抹角才進入正題。當然了，我立刻提議約到紐約吃中飯——我還以為他要發瘋了：

「『我不要大費周章！』他不斷說。『我只要在隔壁見她。』」

「當我說到你跟湯姆別有交情，他已經準備放棄整個計劃。他對湯姆所知不多，但他說他閱讀一份芝加哥報紙多年，就為了有機會看見黛西的名字。」

天色已暗，馬車來到一座小橋下，我伸手摟著喬登金色的肩膀，把她拉到我身邊，邀她共進晚餐。忽然間，我想的不再是黛西和蓋茨比，而是這個乾淨、堅強、單純的人，她對萬物抱持懷疑，此刻正快活地躺進在我的臂彎裡。有句話在我的耳邊不斷響起，話中帶著一種讓人暈眩的興奮感：「世界上只有

☆4
A phrase began to beat in my ears with a sort of heady excitement: 'There are only the pursued, the pursuing, the busy and the tired.

幾種人，被追求的人，正在追求的人，忙碌的人，還有疲憊的人。」☆4

「而且黛西的生活也該有些慰藉，」喬登喃喃對我說。

「她想見蓋茨比嗎？」

「不能讓她知道這件事。蓋茨比不要她知道。你只能邀請她來喝茶。」

我們經過一排黑暗的樹，然後是五十九街的建築物，一片精緻蒼白的光照進公園。我和蓋茨比或湯姆·布坎南不同，眼前沒有一張虛無的女孩子面孔飄浮在黑暗牆簷和刺眼的招牌旁邊，於是我把身邊的女孩攬得更緊一些。她蒼白而輕蔑的嘴嫣然一笑，我便把她拉得離我更近，這一次貼到我的面前。

5

那天晚上回到西卵，有一會兒功夫我還擔心家裡是不是失火了。凌晨兩點，半島的一角亮得不得了，照到灌木林裡的光線看起來不太真實，把路邊電線映照成一縷一縷長而細的亮光。轉個彎之後，我發現原來只是蓋茨比的房子從高塔到地窖全部燈火通明。

一開始我以為又是派對，瘋狂的一群人想出「躲迷藏」或是「罐頭沙丁魚」之類的遊戲，整間屋子被當作遊樂場。但是一點聲音也沒有，只有樹林裡的風吹著電線，讓光線忽明忽暗，彷彿屋子正對著黑夜眨眼睛。載我回來的計程車隆隆離開之後，我看見蓋茨比穿越草坪朝我走過來。

「你家看起來像在辦世界博覽會，」我說。

「是嗎？」他心不在焉地瞄一眼。「我剛才隨便看了幾個房間。我們去康尼島，老兄，坐我的車去。」

「現在太晚了吧。」

「呃，還是我們去游泳池泡泡水？我一整個夏天都還沒下水。」

「我得上床睡覺了。」

「好吧。」

他等著，沉不住氣直望著我。

「我和貝克小姐談過了，」過了一會兒我說。「明天我就打電話給黛西，請她過來喝茶。」

「噢，無所謂，」他淡淡地說。「我不想給你添麻煩。」

「你哪一天有空？」

「是你哪一天有空才對。」他很快糾正我。「我真的不想給你添麻煩，你知道。」

「不然後天怎麼樣？」他思索了一會兒。然後勉為其難說了一句：「我希望先割過草坪。」

我們倆同時往草坪看過去——我家這塊蓬亂草地的盡頭，到他家一大片修剪整齊的深色草坪之間，有一條明顯的分界線。我猜他指的是我的草坪。

「還有一件小事，」他說得模糊，猶豫了一下。

「還是你要再延個幾天？」我問。

「噢，不是那個。至少——」他摸索了好些個起頭方式。「嗯，我想說——呃，聽我說，老兄，你賺的錢不多吧？」

「不太多。」

這句話像是定心丸，讓他更有信心繼續說下去。

「我想也是，請原諒我——你知道，我也附帶做些生意，就一些副業，你了解嗎？我想既然你不是賺很多錢——你賣債券的是吧，老兄？」

「嘗試在做。」

「那麼，或許你會對這筆生意有興趣。不會花太多時間，還可以有一筆可觀收入。算是一件有點機密的差事。」

我現在發現，如果當時的情況不同，那次談話可能會成為我人生中的一大轉捩點。但因為這露骨的提議顯然是酬庸性質，我別無選擇，只能立刻打斷他。

「我手邊的事情很多，」我說。「感謝你的好意，但我無法再增加工作量。」

「你不必和沃夫山一起做事。」顯然他以為我是為了迴避那天午餐時提到的「管道」，但我向他保證他誤會了。他又逗留了一會兒，期待我能起個話題，但我心裡太多事顧不得和他閒聊，於是他不情不願地回家去。

那天晚上的事令我快樂得飄飄欲仙；我覺得我好像一進家門就沉沉入睡。

因此我不曉得蓋茨比是否去了康尼島，或是花了幾個小時在他燦爛奢華的房子裡「隨便看看房間」。隔天早上我從辦公室打電話給黛西，邀請她過來喝杯茶。

「不要帶湯姆來，」我提醒她。

「什麼？」

「不要帶湯姆來。」

「湯姆是誰啊？」她裝傻似地問我。

我們約好的那天下起滂沱大雨。十一點鐘，一個穿雨衣的男人拖著一台割草機叩了我的前門，說是蓋茨比先生派他來我家割草。這讓我想起，我忘了叫我的芬蘭女傭回來，於是我開車進西卵村，在霧濛濛的白色小巷之間找她，順便買些杯子、檸檬和鮮花。

鮮花其實沒必要，因為兩點的時候，一整間溫室的花以及無數個花器從蓋茨比那邊送過來。一個小時之後，前門戰戰兢兢地打開，身穿白色法蘭絨西裝、銀色襯衫、金色領帶的蓋茨比慌張走進來。他的臉色蒼白，眼睛底下有嚴重睡眠不足的黑眼圈。

「一切都好嗎？」他立刻問我。

「草皮看起來很好，如果你指的是這個。」

「什麼草皮？」他茫然地問。「噢，你是說後院草皮。」他望向窗外的草皮，但從他臉上表情來判斷，我相信他什麼也沒看見。

「看起來非常好，」他含糊說。「有報紙說雨大概四點會停，我記得是《紐約新聞報》。需要的東西都有了嗎，我是說——喝茶要用的東西？」

我帶他進廚房，他用指責的眼神看了芬蘭女傭一眼。我們一起檢查那從熟食店買來的十二個檸檬蛋糕。

「這些可以嗎？」我問。

「當然，當然！非常好！」然後心虛地加了一句，「……老兄。」

雨勢在三點半左右減弱成潮濕的霧氣，幾滴細雨像露珠一樣悠遊。蓋茨比眼神空洞，手上拿著克萊的《經濟學》在讀，每當芬蘭女傭的腳步震動廚房地板就讓他一驚，他不時瞥向朦朧不清的窗戶，彷彿外面正發生一連串看不見的事令他操心。最後他終於站了起來，用有氣無力的聲音跟我說他要回家了。

「為什麼要走？」

「不會有人來喝茶，時間已經太晚了！」他看著手錶，彷彿有急事要趕赴別地。

「別傻了，離四點還有兩分鐘。」

他悲慘地坐下，彷彿我推了他一把，此際外面傳來汽車轉進我家這條路的聲音。我們倆不約而同跳了起來，而我也有些心慌意亂，快步走到院子裡。

一輛白色敞篷車從光禿禿滴著水的紫丁香樹下開進車道。車子停了下來。紫色三角形的帽子下，黛西的臉蛋歪向一邊，笑容滿面看著我。

「你真的是住在這裡嗎，我最親愛的？」

她的聲音引起陣陣漣漪，在雨中聽了令人身心舒暢。我的耳朵得先跟隨那聲音上下起伏，字句才能傳達其意義☆1。一縷濕透的髮絲像藍色顏料掠過她的臉頰，我接過她被發光水珠打濕的手，扶她下車。

「你是不是愛上我了，」她低聲在我耳邊說，「否則我為何得一個人來？」

「這是《拉克倫特堡》[1]的秘密。叫你的司機走遠一點，過一個鐘頭再來。」

「一個鐘頭以後再回來，佛迪。」然後她煞有其事低聲說：「他的名字叫佛迪。」

「汽油味刺激了他的鼻子嗎？」

「應該沒有，」她天真地說。「為什麼？」

我們走進去。我萬分驚訝地發現，客廳裡竟空無一人。

「哼，真是奇怪，」我大聲說。

☆1
The exhilarating ripple of her voice was a wild tonic in the rain. I had to follow the sound of it for a moment, up and down, with my ear alone before any words came through.

「什麼事情奇怪？」

前門傳來輕而穩重的叩門聲，她轉過頭，我走出客廳去開門。蓋茨比臉色慘白，放在外套口袋的雙手像鉛錘一樣沉重，他站在一灘積水裡，悲慘地直視我的眼睛☆2。

他昂頭經過我身邊進入走廊，手仍然放在口袋，像走鋼索一樣做了個急轉彎，消失在客廳裡。那場面讓人一點也笑不出來，我意識到自己的心臟也怦怦跳。外面的雨又大了起來，我伸手把門帶上。

裡頭有半分鐘鴉雀無聲。然後我聽見客廳傳來哽咽的低語，一點點笑聲，接著是黛西刻意響亮的聲音：「能再見你一面，我真是太高興了。」

一陣寂靜。時間長得可怕。我在走廊上沒事做，只有走進客廳。

蓋茨比手還放口袋，身體往後靠著壁爐，勉強裝出輕鬆自若，甚至無聊的樣子。他的頭大幅向後仰，已經碰著壁爐上停擺的座鐘鐘面，從這姿勢，他心慌意亂的眼神剛好能俯瞰黛西。她雖受驚了，但姿態仍然優雅，端坐在一張硬

1. *Castle Rackrent* 為瑪麗亞・艾吉沃斯（Maria Edgeworth）的小說，於十九世紀出版，被認為是歷史小說始祖。

☆2
Gatsby, pale as death, with his hands plunged like weights in his coat pockets, was standing in a puddle of water glaring tragically into my eyes.

椅子的邊緣上。

「我們見過，」蓋茨比咕噥說。他匆匆看了我一眼，嘴唇微張，要笑不笑的。就在這時，那座鐘被他的頭碰得搖搖欲墜，他一轉身用顫抖的手接住，放回原位。然後他僵硬地坐下，手肘放在沙發扶手，手托著下巴。

「對不起，差點碰倒你的鐘，」他說。

我的臉現在像是在熱帶曬太陽一樣漲得通紅。腦子裡有一千句客套話，但一句也擠不出來。

「不過是一座舊時鐘，」我呆呆地告訴他們。

有一剎那，我想我們都相信那座鐘已經掉在地上摔得粉碎。

「我們很多年沒見了，」黛西說，一副就事論事的語氣。

「到明年十一月就滿五年。」

蓋茨比不假思索回答，替大家把時間又往回撥了至少一分鐘。情急下我請兩人到廚房幫忙泡茶，正當他們都站起來，邪惡的芬蘭女傭還在這時端著托盤送茶進來。

分發杯盤蛋糕的忙亂來得正是時候，混亂間某種禮度再次成立。蓋茨比躲到一邊，我和黛西說話的時候，他費力用緊繃又不開心的眼神看看我又看看黛西。但平靜不是這次約會的目的，我在第一時間找了個藉口站起來。

「你要去哪裡？」蓋茨比立刻緊張地問。

「我馬上回來。」

「你走之前我有話跟你說。」

他發瘋似地跟我走進廚房，關上門，然後悲慘地低聲說：

「噢，天啊！」

「怎麼啦？」

「這是個天大的錯誤，」他說，不住搖頭，「錯得非常非常離譜。」

「你只是不好意思而已，」好在我又補上一句：「黛西也不好意思。」

「她不好意思？」他重複我的話，不敢相信。

「就跟你一樣不好意思。」

「你別那麼大聲。」

「你現在像個小孩一樣，」我終於失去耐心。「不只如此，而且沒禮貌。現在黛西一個人坐在裡頭。」

他舉起手要我別說下去，用令人難忘的神色瞪了我一眼，然後小心推開門，走回剛才的客廳。

我從後門出去——半小時前蓋茨比也從這兒出去，緊張地繞過屋子一大圈——衝到一棵黑色多樹節的大樹下，大片大片的葉子交織成天篷幫我擋雨。現在雨又滂沱落下，我那不平坦的後院經過蓋茨比的園丁修剪之後，現在到處是小泥窪和史前時代沼澤。站在樹下沒別的可看，只有蓋茨比的大別墅，於是我盯著看了半小時，像康德看教堂尖塔[2]。房屋是十年前「仿古熱」時期一個釀酒商蓋的，據說他同意幫鄰近的小別墅付五年的稅，以換得屋主們同意在屋頂鋪茅草。或許是大家的拒絕打擊了他創建家業的決心，沒多久他就一病不起。喪事的花圈還掛在門上，他的子女就賣掉房子。美國人就是這樣，即使偶爾願意當農奴，但打死也不肯被歸為農民[☆3]。

過了半小時，太陽又出來了，雜貨店送貨車載著僕人做晚飯用的生鮮食材轉進蓋茨比的車道——我非常確定他本人連一口也吃不下。一個女傭著手打開樓上窗戶，在各扇窗前出現片刻，然後從中央的大主窗探出身子，若有所思地朝花園啐了一口痰。我該回去了。雨下個不停，聽起來彷彿他倆的竊竊私語，不時隨著洶湧的感情高低起伏。隨著雨停而來的寧靜，讓我感覺屋裡也靜了下來。

我走進去——首先在廚房裡盡可能弄出各種聲響，就差沒把爐灶推

☆3
Americans, while occasionally willing to be serfs, have always been obstinate about being peasantry.

倒——但我不信他們聽到了一丁點聲音。兩人各坐在沙發兩端彼此對望，彷彿有什麼問題提出來，或是還沒問出口，先前的尷尬已經不復存在。黛西滿臉淚痕，我走進去時她跳了起來，對著一面鏡子用手帕擦淚。蓋茨比的改變則讓人不明究理。他整個人在發光，無需任何言語行動來表示他很得意，嶄新的幸福從他身上洋溢四射，填滿了小客廳。

「噢，你好啊，老兄，」他說，彷彿多年沒見到我，我還以為他要過來和我握手。

「雨停了。」

「是嗎！」他終於意識到我說了什麼，因為屋裡出現了一點點陽光，他笑得像個氣象播報員，像個喜悅的光線守護神，把這消息轉播給黛西聽。「妳覺得怎麼樣？雨停了。」

「我很高興，傑。」她的喉音哀艷動人，吐露令她意外的喜悅。

「我要你和黛西到我家裡來，」他說，「我想帶她四處瞧瞧。」

2. 據說哲學家康德在工作或冥想時習慣看窗外的教堂尖塔，幾年後鄰居的樹高擋住視線令他無法專心，還請鄰居砍樹。

「你確定要我一起去？」

「當然，老兄。」

黛西上樓去洗臉——我想到我那條丟人現眼的毛巾，可是已經太遲了——蓋茨比和我在草坪上等候。

「我的房子看起來不錯吧，是不是？」他質問。「你看屋子前面的採光多好。」

我同意，房子光彩奪目。

「沒錯。」他的眼睛看著每一扇拱門和方塔。「我只花了三年就賺到置房產的錢。」

「我以為你的錢是繼承來的。」

「是啊，老兄，」他不假思索回答，「但大部分的錢都在大恐慌時期賠掉了——戰爭的恐慌。」

我想他根本不曉得自己在說些什麼，因為當我問他從事哪一行，他回答「那是我家的事」，然後才發現這樣的答覆不太合宜。

「哦，我幹過好幾行，」他改口，「做過藥品業，然後石油業。但現在兩個都不做了。」他比較專注地看著我。「你的意思是，你考慮過我那天晚上的提議？」

我還來不及回答，黛西就從屋裡走出來，洋裝上面兩排銅扣在陽光下閃閃發光。

「是那邊那座大房子嗎？」她指著大叫。

「妳喜歡嗎？」

「喜歡得很，但我無法想像你怎麼能一個人住在裡頭。」

「我讓屋裡從早到晚塞滿有意思的人。做有趣事情的人，有名的人。」

我們沒有抄近路從海灣過去，而是繞到大路上，從巨大的邊門進去。黛西用迷人的低語，讚歎著封建時代建築輪廓在天空下的每個面向，讚歎著花園，黃水仙的撲鼻芬芳，山楂和梅花的柔和香氣，以及三色堇的金色微香。走到大理石台階令我覺得不習慣，因為不見衣香鬢影在門口出入，除了樹上鳥鳴也沒聽見聲音。

進到屋裡，我們漫步經過瑪麗安東尼音樂廳和復辟時期風格的交誼廳，我老是覺得每一張沙發和桌子背後都藏著客人，奉命必須屏息不動，等我們經過後才可出現。當蓋茨比關上「莫頓學院圖書室」[3]的門，我敢發誓，我聽見貓頭鷹眼人在裡頭竊笑。

我們走上樓，經過一間間鋪著玫瑰色和淡紫色絲綢、擺滿鮮花的復古臥室，經過更衣室、撞球室以及有內嵌浴缸的浴室——走到其中一個房間還撞見一位身穿睡衣頭髮凌亂的男人，在地板上做抬腿訓練。他就是「房客」克里普史普林爾先生。早上我才看見他一副飢腸轆轆的樣子在海灘上徘徊。最後我們走到蓋茨比自用的套房，裡頭有臥室加浴室和一間亞當式書房。我們在書房裡坐下，品嘗蓋茨比從牆上櫃子裡拿出來的夏翠思[4]。

他的眼神沒有離開過黛西，我想他把屋裡每一樣東西都依照愛人眼睛的反應重新評估過。有時候，他也神情恍惚盯著自己的財物，彷彿黛西本人驚天動地出現之後，那些東西再也沒有一樣真實了。他還一度差點從樓梯上滾下去。

他的臥房是最簡單的一間——除了衣櫥前擺放的那套純金打造梳妝用具。黛西開心地拿起梳子順過自己的頭髮，蓋茨比坐下來用手在眼睛上方遮光，笑了起來。

「真是太有趣了，老兄，」他說話樣子滑稽。「我沒辦法——當我想要——」

很明顯他已經度過了兩個階段，現在正進入第三個。從困窘到欣喜若狂，到現在她的現身讓他完全陷入驚奇。多久以來他朝思暮想，從頭到尾懷抱著夢想，可說是咬緊牙關在等待，其強烈程度旁人無法想像。現在他的反應像是發

條上得過緊的時鐘，鬆掉了。☆4

一分鐘之後他回過神來，打開兩個大衣櫃給我們看，裡頭滿是他的西裝、晨褸和領帶，他的襯衫一打一打堆起來像磚塊。

「我在英國有個人專門替我打理新衣。每逢春秋兩季，他就挑一些東西寄來。」

他拿出一堆襯衫，一件一件丟在我們面前，純亞麻、厚絲、上等法蘭絨襯衫，攤開以後五彩繽紛地落在桌子上。我們一邊讚賞，他又拿出更多，柔軟貴重的襯衫越堆越高——條紋襯衫、繡花襯衫、格子襯衫、珊瑚紅與蘋果綠、薰衣紫和淡橘、印度藍的絲線繡出他的姓名縮寫。黛西忽然把頭埋進襯衫堆裡，壓低聲音開始哭泣。

「這些襯衫好美，」她啜泣，厚衣服堆讓她的聲音悶著。「我看著覺得難過，因為我從來沒有見過——這麼美麗的襯衫。」

參觀過屋子，我們本來要去看庭院和游泳池、水上飛機還有仲夏的花

3. 牛津大學的學院，成立於一二六〇年，一九八〇年才收第一位女學生。
4. Chartreuse，以一百三十種藥草提煉的法國綠色甜酒。

☆4
He had been full of the idea so long, dreamed it right through to the end, waited with his teeth set, so to speak, at an inconceivable pitch of intensity. Now, in the reaction, he was running down like an over wound clock.

朵——但從蓋茨比的窗戶望出去，雨又開始下了，於是我們站成一排，遠眺海灣水面上的皺褶。

「要不是有霧，我們就可以看見海灣對面妳的家，」蓋茨比說。「妳的碼頭盡頭總是整晚點著一盞綠燈。」

黛西忽然伸手挽著他的手臂，但他似乎仍沉浸在自己剛才說的那句話。或許他發現，那盞燈的巨大意義現在已經永遠消失了。相對於他和黛西之間的遙遠距離，那盞燈感覺離她很近，幾乎碰著她。現在，它和她的距離就像星星和月亮那麼遠。現在它又只是碼頭上的一盞綠燈。對他而言，有魔力的物件又少了一件。

我開始在屋裡走動，在昏暗中檢視各個模糊物品。有張照片吸引住我，照片裡是個穿著遊艇裝束的年長男人，就掛在他書桌後面的牆上。

「那位是誰？」

「那個嗎？那是丹．寇迪先生，老兄。」

名字聽起來有點印象。

「他已經過世了。是我多年前最好的朋友。」

有一張小照片是蓋茨比，也是著遊艇裝束，擺在五斗櫃上——蓋茨比的頭往後仰，一副挑釁的模樣——顯然是他十八歲的時候拍的。

「我喜歡！」黛西讚歎。「飛機頭！你從來沒跟我說過你留過飛機頭，也沒說過你有遊艇。」

「看這邊，」蓋茨比很快說。「有很多關於妳的剪報。」

他們並肩站著仔細看。我正想開口要看看紅寶石，電話鈴響，蓋茨比接起來。

「對……嗯我現在沒空……我沒空講話，老兄……我說小鎮……他應該知道小鎮是什麼意思……喏，如果底特律對他而言叫做小鎮，那我們就用不著他……」

他掛上電話。

「快過來！」黛西在窗邊大喊。

雨還在下，但西邊已經撥雲見日，海面上漂浮著瑰麗金色泡沫般的雲朵。

「你看啊，」她低聲說，然後過了一會兒：「真想抓一朵那粉紅色的雲，把你放在上面推來推去。」

這時我想離開，但他們不讓；或許我在場讓他們的獨處更心安理得。

「我知道了，」蓋茨比說。「我叫克里普史普林爾來彈鋼琴。」

他走出去大喊「尤恩！」，幾分鐘之後走回來，身邊多了個有點憔悴的難為情年輕人，戴著一副玳瑁框眼鏡，一頭稀疏的金髮。現在他的穿著較整齊，一件敞領「運動襯衫」、球鞋、顏色模糊的帆布長褲。

「我們剛才打擾你運動嗎？」黛西客氣地問。

「我在睡覺，」克里普史普林爾先生不好意思地脫口而出。「我是說，我本來在睡覺。然後就起床了……」

「克里普史普林爾會彈鋼琴，」蓋茨比打斷他。「不是嗎，尤恩老兄？」

「我彈得不好。我幾乎——不會彈。我很久沒練——」

「我們下樓去吧，」蓋茨比又打斷他。他按了一個開關，灰色窗戶消失，屋裡頓然燈火通明。

在音樂廳裡，蓋茨比點亮鋼琴旁邊唯一一盞立燈。他顫抖著用火柴幫黛西點菸，和她一起坐在房間遠處的沙發上，那邊沒有光線，只有地板反射著大廳的燈光。

克里普史普林爾彈完〈愛巢〉，在椅子上轉過頭，臭著臉在昏暗中尋找蓋茨比。

「我好久沒練琴了，你看。就跟你說我不會彈。我都沒練——」

「講這麼多話幹什麼，老兄，」蓋茨比命令他。「彈啊！」

晨間，
夜裡，
我們多盡興——

外頭風很大，海灣沿岸傳來微微的雷聲。西卵村的燈全開了；載滿人的火車在雨中從紐約往家的方向疾駛。這是人事重大變化的時刻，空氣中洋溢著興奮之情。

千真萬確，只有一件
富人生財，窮人生——小孩。
在此時，
在這之間——

我走過去道別，看見蓋茨比臉上又露出困惑，彷彿他開始懷疑起眼前的幸福。將近五年了！就連在今天下午，一定也有幾次連黛西本人也不符合他的夢想——倒不是她的錯，而是他的幻覺太過生動，已經超越了她，超越了一切☆5。他投身在創意的熱情之中，無時不往裡頭添加一筆，把飄到身邊的每一根七彩羽毛都拿來裝飾。再多的火焰和活力，也比不上一個人在內心深處貯藏的情感☆6。

我注視著他，看他稍微調整了自己。他的手握著她的手，她在他耳邊低語，他轉過來對著她，情感如潮水湧上。我想最讓他動心的是聲音，那抑揚頓挫的熱情並不是臆想——那嗓音是一首不朽之歌。

他們已經忘了我，但黛西抬頭伸手跟我握別；蓋茨比則壓根不認識我了。我往他們的方向再看一眼，他們也回望我，在遙遠處，沉浸在強烈的生命力裡。我隨即走出屋子，步下大理石台階走到雨中，留他們兩個人在一起。

☆5
There must have been moments even that afternoon when Daisy tumbled short of his dreams—not through her own fault but because of the colossal vitality of his illusion. It had gone beyond her, beyond everything.
☆6
He had thrown himself into it with a creative passion, adding to it all the time, decking it out with every bright feather that drifted his way. No amount of fire or freshness can challenge what a man will store up in his ghostly heart.

6

大約在這段時間裡，一個胸懷抱負的年輕記者某天早上從紐約來到蓋茨比門前，請他發表談話。

「要談些什麼？」蓋茨比客氣地問。

「哎呦——就看你有什麼聲明要發表。」

過了尷尬的五分鐘，才弄清楚原來這人在辦公室聽到蓋茨比的名字，但他不願透露消息的管道，或是其實他自己也不太清楚。今天適逢他休假，便很勤快地趕來這邊「看看」，行動實在值得嘉許。

雖然是亂槍打鳥，但這位記者的直覺沒錯。幾百位接受過蓋茨比款待的客人儼然成為明瞭他過去的權威人士，在整個夏季不斷謠傳蓋茨比的惡名，他險些成了新聞人物。當時的各類傳奇，如「連到加拿大的地下管道」[1]都和他扯上

1. 據說是運私酒的方法。

關係，另外還有一個歷久不衰的傳言是他根本不住在房屋裡，而是住在一艘看起來像房屋的船上，然後秘密在長島岸邊航行。來自北達科塔州的詹姆斯．蓋茨為何會對這些空穴來風感到滿意，不是件容易說明的事。

詹姆斯．蓋茨才是他真正的、或至少法律上的姓名。十七歲那年他改名換姓，目睹自己事業誕生的那一刻——看見丹．寇比的遊艇在蘇必略湖最險惡的湖岸下錨。那天下午穿著破爛綠色運動衫和帆布褲在湖邊閒晃的是詹姆斯．蓋茨，但借了一艘小船划向托洛美號，警告寇迪半小時內可能起風把船吹翻的，已經是傑．蓋茨比。

我猜他老早就準備好這個名字。他的父母是庸庸碌碌的小農——在他的幻想中，從未接受他們為自己的親生父母。事實上，長島西卵的傑．蓋茨比出自於對自己的柏拉圖式想像。他是上帝之子——這個稱號若有任何意義，就是字面上的意義——必須替天行道，獻身於一種博大、粗俗而浮誇的美。於是他以一個十七歲男孩的憧憬發明了傑．蓋茨比，自始至終都忠於這個想法☆1。

有一年多的時間，他在蘇必略湖南岸撈蛤蜊和捕鮭魚，只要能掙得食宿，他什麼都做。他黝黑堅實的身體輕鬆面對半辛苦、半怠惰的工作，過著健康的日子。他很早就懂男女之事。由於女人把他寵壞，他變得看不起女人，年輕處

☆1
He was a son of God—a phrase which, if it means anything, means just that—and he must be about His Father's Business, the service of a vast, vulgar and meretricious beauty. So he invented just the sort of Jay Gatsby that a seventeen-year-old boy would be likely to invent, and to this conception he was faithful to the end.

女太無知，其他的女人為之歇斯底里的事，在自溺的他看來根本理所當然☆2。

但他的心時時在騷動。夜裡他躺在床上，腦子盡冒著最稀奇古怪的幻想。當臉盆架上的鬧鐘滴答作響，地上皺成一團的衣服被月光浸濕的時候，一個難以形容的浮華世界在他腦中交織成形。每天晚上他給幻想編織更多花樣，直到睡意來襲，不經意籠罩著栩栩如生的景象☆3。有一陣子，這些白日夢給他的想像一個出口，暗示現狀並非真實，說明世界的基石還穩穩建立在仙子的翅膀上☆4。

在那之前幾個月，他憑著一股追逐光明未來的直覺前往明尼蘇達州南部小鎮，就讀於聖歐拉夫路德教派學院。待了兩個星期後，他受不了自己的天命被殘酷地漠視，更鄙視自己為了維持生計而兼任工友。於是他又流浪回蘇必略湖，寇迪的船在湖岸淺灘下錨的那一天，他正在找點能做的事。

那時寇迪五十歲，在內華達州挖銀礦有成，在育空也有斬獲，事實上一八七五年之後的每一次淘金熱都有他一份。在蒙大拿州的銅礦交易讓他成了百萬富翁，他的身體硬朗但腦筋趨於糊塗，不計其數的女子察覺這一點，企圖讓他和他的財產分家。女記者艾拉・凱化身曼特儂夫人[2]迷倒他，抓住他的弱點慫恿他出海，她那些不甚光明的手段是一九〇二年小報常報導的新聞。他在宜人的

☆2
He knew women early and since they spoiled him he became contemptuous of them, of young virgins because they were ignorant, of the others because they were hysterical about things which in his overwhelming self-absorption he took for granted.

☆3
A universe of ineffable gaudiness spun itself out in his brain while the clock ticked on the wash-stand and the moon soaked with wet light his tangled clothes upon the floor. Each night he added to the pattern of his fancies until drowsiness closed down upon some vivid scene with an oblivious embrace.

☆4
For a while these reveries provided an outlet for his imagination; they were a satisfactory hint of the unreality of reality, a promise that the rock of the world was founded securely on a fairy's wing.

海岸航行五年之後，終於以詹姆斯．蓋茨的天命之姿，出現在小姑娘海角。

年輕的蓋茨比倚著船槳，抬頭望著有欄杆的甲板，這艘遊艇對他而言象徵全世界的美麗與浮華。我猜他對寇迪笑了一笑——他可能已經發現他笑的時候很討人喜歡。總之，寇迪問了他幾個問題（其中一個引出他的新名字），發現他反應快又有抱負。幾天之後他把他帶到德魯斯，給他買了一件藍色外套、六條白色帆布長褲和一頂海員帽。當托洛美號出發去西印度群島和巴巴利海岸，蓋茨比也跟著一起走了。

他受僱為職權不太明確的私人助理——在寇迪身邊時，他可以是管家、大副、船長、秘書，甚至獄卒，因為清醒的寇迪知道喝醉的寇迪會怎麼樣揮霍，為避免這類意外發生，他對蓋茨比越來越信任。這樣的安排持續了五年，期間內他們在美洲大陸繞行了三次。若非艾拉．凱某天晚上在波士頓登船，一個禮拜之後寇迪淒涼地過世，情況可能會持續到永遠。

我還記得掛在蓋茨比臥室裡的寇迪畫像，頭髮灰白，面色紅潤，臉部線條剛硬，眼神空洞——他是縱情酒色的先鋒，把邊疆地帶妓院沙龍的野蠻暴力帶回了美國東岸沿海地區。寇迪間接影響到蓋茨比酒喝不多。有時候在狂歡派對上女人會把香檳抹進他的頭髮；他本人則養成習慣滴酒不沾。

他從寇迪那裡繼承了一筆錢——兩萬五千元的遺贈，但沒有拿到。他一直不懂人家用了什麼法律手段來對付他，但剩餘的幾百萬元一毛不少全部歸艾拉·凱。留給他的是一份格外恰當的教育；輪廓模糊的傑·蓋茨比現在填滿了，成了實實在在的一個人。

這些都是他很久以後才告訴我的，但我寫在這裡，以駁斥先前關於他過去的誇張謠言，那全是捕風捉影。再者，他在一個十分混亂的時刻告訴我這些，那時的我已不知道該對他的傳聞做何想法。所以我把握這個短暫的停頓，在蓋茨比而言可說是喘口氣的時候，先澄清先前的誤解。

這段時間我和他的來往也暫時告一段落。我好幾個禮拜沒見過他也沒和他通電話——大多時候我在紐約，和喬登到處跑，設法討她高齡阿姨的歡心——但終於在某個禮拜天下午，我去了他家一趟。待了還不到兩分鐘，就有人帶湯姆·布坎南進來喝一杯。我自然是嚇了一跳，但更驚訝的是湯姆以前並沒有來過。

他們三人一夥騎馬而來——湯姆和一個叫史隆恩的男人，還有一個穿棕色

2. 法國國王路易十四的情婦，與國王秘密成婚，但未列入史籍。

騎裝的漂亮女人，她以前來造訪過。

「真高興看到各位，」蓋茨比站在陽台說。「很高興大家能順道過來。」

彷彿他們真的領情！

「請坐，來根菸或是雪茄。」他快步在屋裡走動，按鈴叫人。「我馬上叫人給各位送飲料來。」

湯姆在場給他極大的震撼。但他在還沒招待客人之前，也一樣會覺得不自在，他隱約發現這才是他們此行的目的。史隆恩先生什麼都不要。檸檬水嗎？不了，謝謝。來一點香檳？什麼都不必，謝謝……真不好意思——

「騎來的一路上還愉快嗎？」

「這一帶的路非常好。」

「我猜汽車——」

「對。」

一股遏抑不住的衝動讓蓋茨比轉向湯姆，湯姆原打算以陌生人自居。

「我相信我們之前在哪兒見過，布坎南先生。」

「噢，是的，」湯姆客氣但語氣生硬，顯然不記得這回事。「我們是見過。我記得很清楚。」

「大約兩個禮拜前。」

「對了。你跟尼克一道。」

「我認識你老婆，」蓋茨比接著說，態度近乎挑釁。

「是嗎？」

湯姆轉向我。

「你住附近嗎，尼克？」

「就在隔壁。」

「是嗎？」

史隆恩先生沒有加入對話，態度傲慢地往後靠在椅子上；那女人也沒說什麼——直到兩杯威士忌加蘇打下肚之後，她出其不意熱情起來。

「下次你辦派對我們都來參加，蓋茨比先生，」她提議。「您看怎麼樣？」

「當然了，很高興諸位能賞光。」

「一定很棒，」史隆恩先生毫不領情地說。「嗯——我看該回家了。」

「請留步，」蓋茨比勸留他們。現在的他已恢復自制力，想多看看湯姆。

「各位何不——何不留下來用晚餐呢？待會兒要是有些人從紐約過來我也不意外。」

「你到我們家來用餐，」那位女士熱烈邀約。「兩位都來。」這包括我。史隆恩先生站了起來。

「走吧，」他說——但只對著她。

「我說真的，」她堅持。「我很願意兩位能來，都坐得下。」

蓋茨比探望我的神色。他想去，但他看不出史隆恩先生並不歡迎他。

「我恐怕沒辦法，」我說。

「好吧，那你來，」她力勸蓋茨比。

史隆恩先生在她耳邊喃喃說了幾句。

「我們馬上走的話才不會太晚，」她大聲堅持。

「我沒有馬，」蓋茨比說。「我在軍隊裡騎馬，但我從來沒買過馬。我得開車跟在你們後面，失陪一下。」

我們幾個人走到陽台上，史隆恩先生和那位女士在一旁激憤地交談起來。

「我的老天，那傢伙還真的要來，」湯姆說。「難道他不知道她不希望他去嗎？」

「她說過她確實希望他去。」

「她家辦了盛大晚宴，他一個人也不認識。」他皺眉頭。「不曉得他在什麼鬼地方認識黛西。老天爺，或許我的思想太古板，但這些年頭女人太常在外面拋頭露面，認識一些不三不四的人。」

忽然間史隆恩先生和那位女士步下台階，騎上他們的馬。

「走吧，」史隆恩先生對湯姆說，「我們要遲到了。該走了。」然後對著我：「請你跟他說我們沒辦法再等，可以嗎？」

湯姆和我握手，我們其他人只冷淡地彼此點頭示意，他們便騎馬沿著車道快步離開，消失在八月樹林裡，這時蓋茨比正拿著薄外套和帽子從前門走出來。

黛西一個人到處亂跑顯然讓湯姆十分不放心，因為接下來的禮拜六晚上，他陪著她一起參加蓋茨比的派對。或許他在場讓那天晚上特別有壓迫感——我對那次派對的記憶，比那年夏天蓋茨比的其他派對還來得深。人是一樣的人，或至少是同一種人，同樣源源不絕的香檳，同樣五彩繽紛、人聲嘈雜，但我感覺到一股不愉快的氣氛，以前沒有過的不愉快感覺瀰漫在四周。又或許我只是習慣了，接受西卵為一個完整的世界，有自己的標準和偉大人物，什麼都比不上它，因為它根本不打算被比下去。現在，我透過黛西的眼光重新審視一切。你用自己的能力已經習慣的事，事後要以新的眼光再審視一次，往往會感到悲哀☆5。

他們在黃昏抵達，我們漫步在數百名打扮光鮮的賓客間，黛西的嗓音在她的喉嚨玩那套喃喃的把戲。

「這裡讓我好興奮，」她低聲說。

「如果你今晚什麼時候想吻我，尼克，讓我知道就好，我來幫你安排。你就報我的名字，或是秀出一張綠卡。我要發綠色——」

「四面看看，」蓋茨比建議她。

「我正在看，我好開——」

「你應該會看到不少聽說過的人物。」

湯姆傲慢的眼神掃視群眾。

「我們不常出門，」他說。「其實我剛才還在想，這裡的人我一個也不認識。」

「或許你知道那位女士。」蓋茨比指著一個如花似玉的女人，端莊坐在一棵白梅樹下。湯姆和黛西盯著看，認出那是只在螢幕上見過的電影明星，有一種特別不真實的感覺。

「她真是可愛，」黛西說。

☆5
It is invariably saddening to look through new eyes at things upon which you have expended your own powers of adjustment.

「彎腰和她說話的是她的導演。」

蓋茨比禮貌周到地帶著他們介紹給一群又一群的客人：

「布坎南太太……以及布坎南先生——」遲疑了一會兒，他補充說：「著名的馬球健將。」

「哦不，」湯姆很快反駁，「我不是。」

顯然這句話讓蓋茨比聽著高興，當晚湯姆都被介紹為「著名的馬球健將」。

「我從來沒見過這麼多名人！」黛西驚嘆。「我喜歡那個男的——他叫什麼名字？——鼻子有點發青的那個。」

蓋茨比認出他，說他是個小牌製作人。

「哦，我還是喜歡他。」

「我寧願不要當著名的馬球健將，」湯姆愉快地說，「寧願當個無名小卒，多觀察一下這些名人。」

黛西和蓋茨比跳舞。我記得我為他優雅保守的狐步舞舞姿驚訝——我從來沒見過他跳舞。然後他們漫步到我家，在台階上坐了半個小時，在她要求下，我在花園裡把風。「萬一失火或是淹水，」她解釋道，「或是發生任何天災。」

大家坐下來用晚餐時，湯姆不知從什麼地方冒了出來。「你介意我跟那邊的人一起吃嗎？」他說。「有個傢伙在講好笑的事。」

「去吧，」黛西快活地說，「如果你想抄誰的地址，我的小金筆拿去。」……她看了看四周，告訴我那個女孩子「平凡但漂亮」，我知道除了和蓋茨比獨處的半小時以外，她玩得並不開心。

我們這桌的客人喝得特別醉。都怪我不好——蓋茨比被叫去接電話，我兩個禮拜前和同一群人處得不錯，但當時感覺新鮮有意思，現在卻覺得腐臭了。

「你還好嗎，貝迪克小姐？」

我同她說話的這位女孩正想倒在我肩上，但沒有成功。在我一問之下她坐直了睜開眼睛。

「啥？」

一個噸位龐大又昏昏沉沉的女人，本來一直慫恿黛西隔天和她去鄉村俱樂部打高爾夫球，現在開口為貝迪克小姐辯護：

「哦，她沒事了。每次她喝個五六杯雞尾酒總是這樣大吼大叫。我就跟她說她應該不要喝酒。」

「我沒喝啊，」被指控的那位心虛地申明。

「我們剛聽到妳在大喊，所以我就跟這邊的席維特大夫說：『這邊有人需要您的協助，大夫。』」

「我相信她一定很感激，」另一個友人毫不領情地說。「但你把她的頭栽進游泳池，害她洋裝都濕了。」

「我最恨就是頭被栽進游泳池裡，」貝迪克小姐喃喃說。「在紐澤西那次差點被淹死。」

「那妳真的不該喝酒，」席維特大夫回嘴說。

「你還說呢！」貝迪克小姐激動地大喊。「看你的手抖成那樣，我才不敢讓你開刀！」

那晚的情形就是這樣。我記得的最後一件事，是我和黛西站著看那位電影導演和他的「大明星」。他們還在那棵白梅樹下，兩人的臉快要貼在一起，中間只有一絲細細的白色月光。我忽然有種感覺，彷彿他花了整晚的時間緩緩彎腰向前，終於達到這個距離，而且就在我注視的時候，他再彎下最後一點距離，在她的臉上種下一個吻。

「我喜歡她，」黛西說，「我覺得她真是可愛。」

但其餘的事都令她不舒服——因為不容分說，這不是一種姿態，而是情感。西卵令她震驚，這個百老匯在長島漁村派生的空前所在——她震驚於這裡不安於舊時委婉辭令的粗獷活力，震驚於這裡的居民沿著一條捷徑，從空無走到另一個空無的唐突命運。在她無法理解的單純之中，她看見駭人聽聞的東西。

我同他們在前面台階坐著，等他們的車開過來。屋子前面很暗；柔和的黑暗早晨裡，只有從明亮大門射過來十呎見方的光。偶爾有影子從樓上更衣室百葉窗的背後與另一個影子擦身而過，數不清的影子列隊而行，在看不見的鏡子前面塗脂抹粉。

「這個蓋茨比究竟是什麼人？」湯姆忽然質問。「大盤私酒商嗎？」

「你從哪裡聽來的？」我問他。

「不是聽來，是我想出來的。很多暴發戶都是大盤私酒商，你知道嗎。」

「蓋茨比不是，」我不耐煩地說。

他沉默了一會兒。車道上的圓石被他踩得嘎吱響。

「總之，他肯定費了很大功夫才湊齊這個動物園奇觀。」

微風吹動黛西毛皮領口的灰毛。

「至少這些人比我們認識的人還有意思，」她試著說。

「妳看起來不怎麼感興趣。」

「我有。」

湯姆哈哈笑一下轉向我。

「那女孩叫黛西帶她去沖冷水的時候，你注意到黛西臉上的表情嗎？」

黛西開始隨音樂唱歌，沙啞富有韻律的低語，把每一個字眼唱出空前絕後的意義。旋律揚起，她迷人的嗓音跟著唱，像個女低音，每一個轉音都在空氣中流露溫暖的魔力。

「很多人不請自來，」她忽然說。「那個女孩沒有受邀。他人太客氣，不好意思拒絕不速之客。」

「我倒想知道他是什麼人，做什麼勾當，」湯姆堅持說。「而且我會想辦法打聽清楚。」

「我現在就可以告訴你，」她回答。「他是開藥房的，很多很多間藥房。都是他自己蓋的。」

姍姍來遲的加長禮車開上車道。

「晚安，尼克，」黛西說。

她的目光離開我，望向點著燈的台階上方，當年流行的哀婉動人的華爾茲舞曲〈凌晨三點〉從打開的門口傳來。畢竟，蓋茨比隨興派對上的浪漫完全不存在於她的世界。那首歌到底有什麼魔力，彷彿在召喚她回到屋裡？在這幽暗不可預料的時刻，會有什麼事情降臨？也許會有一位不可思議的客人現身，是世間少有的美女。當這位艷麗奪目的年輕女孩抵達，只消看蓋茨比一眼，在那魔幻相遇的一刻，就能抹煞他過去五年付出的堅貞☆6。

那天我待得很晚，因為蓋茨比要我等到他能脫身，於是我在花園裡流連，直到游泳的人總算又冷又累地從黑色沙灘上岸，直到樓上客房的燈光熄滅。他終於步下台階時，臉上黝黑的皮膚特別緊繃，發亮的眼睛帶著倦意。

「她不喜歡，」他馬上說。

「她當然喜歡了。」

「她不喜歡，」他堅稱，「她玩得不開心。」

他沉默，但我猜他有滿腔說不出的沮喪。

「我覺得跟她的距離好遠，」他說。「很難讓她了解。」

「你是說舞會？」

「舞會？」他彈指打發掉自己辦過的每一場舞會。「老兄，舞會不是重點。」

他要的不過是黛西跑到湯姆身邊說：「我從來沒有愛過你。」等她用這句話把過去四年一筆勾銷之後，他們便可以做一些實際的決定。其中之一是在她恢復自由身之後，兩人一起回到路易維爾，在她的家裡舉行婚禮——彷彿跟五

☆6
Perhaps some unbelievable guest would arrive, a person infinitely rare and to be marvelled at, some authentically radiant young girl who with one fresh glance at Gatsby, one moment of magical encounter, would blot out those five years of unwavering devotion.

年前一樣。

「但她不懂，」他說。「以前她都懂，以前我們一坐就是好幾個鐘頭——」

他又停頓，沿著一條小道走來走去，小道上布滿果皮，還有被客人丟棄的小禮物和踩爛的花。

「我可不會對她要求太多，」我放大膽子說。「你不能重溫舊夢。」

「不能重溫舊夢？」他不可置信地大喊。「當然可以！」

他發狂似地看著四周，彷彿過去就潛伏在屋子陰影處，就在他伸手不及之處。

「我會把一切安排得跟從前一樣，」他意志堅定地點頭。「她會看見。」

他開始講很多過去的事，我猜他是想找回什麼東西，或許是關於他自身的概念也說不定，那個愛上黛西的自己。他的生活自此之後就陷入混亂失序，但他若是能回到某個出發點，然後一步步慢慢再追溯一遍，或許可以發現那是什麼……

……五年前的一個秋夜，他們走在落葉繽紛的街上，走到一個沒有樹，而人行道被月亮照得銀白的地方。他們停下腳步，轉過來面對面。那是個涼爽的夜，空氣中有股神秘的興奮，每年只有季節交替的那兩天才有。屋裡寂靜燈光的嗡嗡聲傳入黑夜，繁星間有股騷動。蓋茨比從眼角看見人行道上的磚塊好像形成一個梯子，通往樹上一個神秘之地——如果他自己一個人爬可以爬上去，到上面之後，他便能吸吮生命的瓊漿玉液，大口吞下無與倫比的奇異乳汁☆7。

當黛西蒼白的臉孔湊到他臉前，他的心跳越來越快。他知道一旦吻了這女孩，永遠永遠把他難以言喻的眼界寄託在她終將消逝的呼吸上，他的心再也不可能像上帝心靈那樣遊戲人間。於是他等了一會兒，聽了一下音叉在一顆星星上敲響的聲音。然後他吻了她。被他的唇一碰，她像朵鮮花為他綻放，他的理想化身就此完成☆8。

他說了這麼多，雖然他的多愁善感駭人聽聞，但我一直有股悵然若失的感覺——好像有個稍縱即逝的節奏，幾句零落的歌詞，很久以前我曾經聽過。有一度，一句話試圖從我嘴裡成形，我像個呆子張開口，彷彿我除了驚動一絲空氣之外還有別的掙扎要跑出來。但嘴唇沒發出聲音，而我幾乎想起來的，終究還是永遠傳達不出來。

☆7
Out of the corner of his eye Gatsby saw that the blocks of the sidewalk really formed a ladder and mounted to a secret place above the trees—he could climb to it, if he climbed alone, and once there he could suck on the pap of life, gulp down the incomparable milk of wonder.
☆8
He knew that when he kissed this girl, and forever wed his unutterable visions to her perishable breath, his mind would never romp again like the mind of God. So he waited, listening for a moment longer to the tuning fork that had been struck upon a star. Then he kissed her. At his lips' touch she blossomed for him like a flower and the incarnation was complete.

7

當眾人對蓋茨比的好奇達到最高點，也是某個週六晚上他屋裡燈光不再亮起的時候——就這樣，他的特里馬奇歐[1]生涯結束了，一如當初開始時一般費解。

我漸漸地察覺，好些車子滿懷期待出現在他的車道上，等了幾分鐘之後才惱怒離開。我在想他會不會是病了，於是過去看看——一個面色凶惡的陌生管家從門裡狐疑地瞇起眼看我。

「蓋茨比先生病了嗎？」

「沒。」過了一會兒，才慢吞吞且不甘不願地補了一句：「先生。」

「我好久沒看到他了，有點擔心。請告訴他卡洛威先生來過。」

「誰？」他粗魯地盤問。

1. 羅馬作家佩特羅尼烏斯（Petronius）所著小說《薩蒂利孔》（*Satyricon*）裡的角色。特里馬奇歐（Trimalchio）原本為奴隸，恢復自由身後生財有道，經常舉辦奢華晚宴。

「卡洛威。」

「卡洛威。好，我會告訴他。」然後猛地關上門。

我的芬蘭女傭跟我說，一個禮拜前蓋茨比打發掉所有傭人，另外找了五六人來替補，這些人從不去西卵村接受零售商賄賂，而是打電話訂購為數不多的補給品。送貨男孩報告說廚房看起來像豬圈，村裡的人都認為新來的人根本不是傭人。

隔天蓋茨比打電話給我。

「要出遠門嗎？」我問。

「沒有，老兄，」

「聽說你把所有傭人都辭了。」

「我需要一些不會說閒話的人。黛西常來——下午的時候。」

原來，豪華商旅在黛西否定的眼光下，像紙牌堆成的屋子坍塌了。

「這些人是沃夫山要幫點忙的人。他們是兄弟姐妹，以前一起經營過一間小旅館。」

「原來如此。」

是黛西要他打電話來，問我是否願意明天中午去她家吃飯。貝克小姐也會在。半小時之後黛西也親自打來，當她知道我會出席，彷彿鬆了一口氣。事有蹊蹺。但我也不敢相信他們竟選了這樣的場合來攤牌——而且是蓋茨比在花園裡概述過的那種難堪場面。

隔天是酷熱的一天，幾乎是夏季的尾聲，肯定也是最熱的一天。我搭乘的火車從隧道駛進陽光裡的時候，只有全國餅乾公司燥熱的汽笛聲打破正午時分慢燉的寧靜。車廂裡的草蓆座位快要燃燒起來；鄰座女人的汗水靈巧地流到她的白襯衫上，報紙在她的手指頭下逐漸被汗浸濕，她莫可奈何地癱坐在酷熱中，淒涼地嘆了一口氣，手提包啪一聲掉到地上。

「唉呀！」她驚呼。

我疲倦地彎下腰撿起來還給她，伸直了手臂，握的是手提包最邊緣，顯示我完全沒打什麼主意——但周遭的人，包括那個女人，還是不免懷疑我。

「熱啊！」列車長對熟面孔說。「什麼天氣嘛！熱……熱……熱！你覺得夠不夠熱？你覺得熱嗎？是不是……？」

我拿回我的通勤票，上面有他的黑手印。這種天氣誰還在乎吻的是誰的嘴唇，誰的腦袋偎濕了自己睡衣胸前的口袋！☆1

……布坎南家的走廊吹起一陣微風，把電話鈴聲送到在門口等待的蓋茨比

☆1
That any one should care in this heat whose flushed lips he kissed, whose head made damp the pajama pocket over his heart!

和我身邊。

「主人的屍體！」管家對著電話大吼。「很抱歉，夫人，但我們無法提供——天氣太熱了，碰不得！」

其實他說的是：「好的……好的……我會看看。」

他放下話筒朝我們走過來，汗珠微微滲著光，接過我們硬邦邦的草帽。

「夫人在沙龍等候！」他大聲說，多此一舉地指出方向。在這種天氣下，任何一個多餘的手勢都讓人覺得是浪費生命資源。

室內在屋簷遮蔭下陰暗又涼爽。黛西和喬登躺在一張巨大的沙發上，像銀色雕像鎮住身上的白色洋裝，不讓呼呼作響的風扇吹起。

「我們沒辦法動，」她們齊聲說。

喬登曬黑的手擦得粉白，在我手裡擱了一會兒。

「運動員湯瑪斯・布坎南先生呢？」我問。

就在這時我聽見他的聲音，粗啞，不甚清楚，在走廊上講電話。

蓋茨比站在深紅色地毯中央，好奇地看著四周。黛西看著他一笑，甜蜜又興奮的笑；一小簇粉末從她的胸口飄到空中。

「據說，」喬登小聲說，「來電的是湯姆的情婦。」

我們沒作聲。走廊上的聲音因不耐煩而音量大了起來：「很好，那我乾脆不要把車賣你……我對你又沒有什麼義務……至於你在午餐時間打擾我，我可不會忍受！」

「話筒掛上了還在假裝，」黛西嘲諷地說。

「不，他沒有，」我向她保證。「是真有這筆交易，我恰好知道這回事。」

湯姆把門推開，粗壯的身體一時擋住門口，然後快步走進室內。

「蓋茨比先生！」他伸出寬闊的大手，把內心的厭惡隱藏得很好。「很高興看到你，先生……尼克……」

「幫我們調杯清涼的飲料，」黛西大喊。

他一離開室內，黛西就站起來走到蓋茨比身邊，把他的臉往下拉，在他的嘴上親了一下。

「你知道我愛你，」她喃喃地說。

「妳可別忘了，在場還有一位小姐呢，」喬登說。

黛西故作懷疑看看四周。

「那妳也親尼克。」

「好個低俗下流的女孩！」

「我才不管！」黛西大喊，在紅磚壁爐前跳起舞來。然後她想起天氣燥熱，內疚地在沙發上坐下，這時一名衣著整潔筆挺的奶媽牽著一個小女孩走進屋裡。

「心——肝——寶——貝——兒，」她柔情蜜意地說，伸出雙手。「快到愛妳的媽咪身邊來。」

奶媽放開手，那孩子從屋裡一頭跑到另一頭，害羞地把頭埋進媽媽的洋裝。

「心肝寶貝兒！媽咪不小心把粉弄到妳黃黃的頭髮上嗎？快站起來，說聲——您好。」

蓋茨比和我輪流握了一下小孩不情願的小手。之後，他一臉驚奇看著那個小孩。我想在此之前，他不曾真的相信有這孩子存在。

「我吃午餐前就穿漂亮了，」孩子說，迫不及待轉頭面對黛西。

「那是因為妳媽媽要拿妳出來炫耀。」她把臉埋進雪白小脖子上唯一一條皺紋。「小心肝，妳這個小心肝。」

「對，」孩子平靜地承認。「喬登阿姨也穿白衣服。」

「喜不喜歡媽媽的朋友？」黛西把她轉過來，讓她面對蓋茨比。「覺得他們帥不帥？」

「爹地呢？」

「她看起來完全不像她爸，」黛西解釋。「她長得像我，頭髮和臉型都跟我一樣。」

黛西又往後靠在沙發上。奶媽向前一步，伸出手。

「來吧，潘米。」

「再見，甜心！」

這個好家教的孩子握起奶媽的手，不情願地回頭看了一眼，然後被帶到門外，這時湯姆走進來，面前端著四杯裝滿冰塊的金利克[2]。

蓋茨比拿起一杯酒。

「看起來的確清涼，」他說，顯得有點緊張。

我們貪婪地大口喝酒。

「我在什麼地方讀到過，說太陽一年比一年熱，」湯姆和顏悅色地說。「好像再沒多久地球就要掉進太陽裡——等一下——剛好相反——是太陽一年比一年冷。」

「到外面來吧，」他向蓋茨比提議，「我帶你看看我這地方。」

2. 琴酒加萊姆汁和蘇打水的調酒。

我和他們一起走到陽台。海灣裡的綠色海水在熱氣下靜止不動，一艘小帆船慢慢漂向涼爽的海洋。蓋茨比的眼睛跟著看了一會兒；他舉起手，指著海灣對面。

「我家就在你家對面。」

「可不是嗎。」

我們的眼睛望向玫瑰花床，望過熱氣蒸騰的草坪和大熱天裡沿岸的雜草。小船的白帆在清涼藍色天際下慢慢移動，再過去是扇形海洋和許許多多仙島。

「這項運動好，」湯姆點著頭說。「我也想跟他一起出海玩上一個鐘頭。」

我們在餐廳吃午飯，裡頭同樣遮得陰涼，緊張的歡笑和冰涼的麥芽啤酒一起下肚。

「我們今天下午做什麼好？」黛西大聲說，「還有明天，還有接下來的三十年呢？」

「別說得這麼可怕，」喬登說。「等秋天一到天氣涼爽了以後，生活又會重新開始。」

「可是現在好熱，」黛西固執地說，眼淚快掉了下來，「一切都讓人昏眩。我們進城去吧！」

她的聲音在熱浪裡掙扎，衝擊著它，把無知覺的熱氣塑造出形狀。

「我只聽說過有人把馬廄改成車庫，」湯姆正對蓋茨比說道，「但我是第一個把車庫改成馬廄的。」

「有誰想進城？」黛西不死心地追問。蓋茨比的眼神飄向她。「啊，」她嘆，「你看起來好酷。」

他們眼神交會，看著彼此，沉浸在兩人世界。她費了點勁低頭看著桌面。

「你看起來總是酷，」她又說了一次。

她剛才告訴他說她愛他，湯姆．布坎南瞧見了。他大為震驚，目瞪口呆看著蓋茨比，然後再看黛西，彷彿他剛認出她是個以前認識的人。

「你好像廣告裡那個人，」她渾然不覺地繼續說。「你知道廣告裡那個——」

「好，」湯姆很快打斷她，「我很樂意進城。走吧——大家一起進城。」

他站起來，眼睛仍然在蓋茨比和他老婆之間打轉。沒有人移動。

「快點啊！」他有一點火了。「到底怎麼回事？要進城的話，現在就走啊。」

他竭力克制著自己，顫抖的手舉杯到唇邊，喝掉玻璃杯裡最後一點麥芽啤酒。黛西的聲音催促我們站起來，走到外頭烈陽熾目的碎石子車道上。

「我們就這樣走了嗎？」她抗議。「就這樣？不讓大家先抽根菸嗎？」

「吃飯的時候大家從頭到尾都在抽菸。」

「噢，我們開心點，」她央求。「天氣這麼熱，別吵架嘛。」

他沒回答。

「你愛怎樣就怎樣，」她說。「來吧，喬登。」

她們上樓準備，我們三個男人站著，踢著腳下滾燙的小圓石。一輪銀色月亮已經高掛在天空以西。蓋茨比原本有意開口打破僵局，卻臨時改變主意，可是湯姆已經轉過來等著他。

「你的馬廄在這邊嗎？」蓋茨比勉強問道。

「往下走四分之一哩處。」

「哦。」

沉默。

「我不懂為何要進城，」湯姆突然氣沖沖地說。「女人腦子裡就會想些花樣——」

「我們要帶東西去喝嗎？」黛西從樓上窗戶大喊。

「我拿一瓶威士忌，」湯姆回答，走了進去。

蓋茨比僵硬地轉向我：

「我在他家裡什麼話都說不出口，老兄。」

「她講話的聲音很輕率，」我評道。「充滿了——」我遲疑。

「她的聲音充滿了錢，」他忽然說。

就是這個了。我以前不懂。充滿了錢——那就是源源不絕魅力的來源，那清脆的叮噹聲，那鐃鈸的歌曲……高高處在白色宮殿裡的國王的女兒，黃金女孩……☆2

湯姆從屋裡走出來，用毛巾包著一個夸脫瓶，後面跟著頭戴金屬光澤小帽、手臂披著薄披肩的黛西和喬登。

「大家都坐我的車去吧？」蓋茨比提議，用手摸著滾燙的綠色真皮座椅。「我剛應該停在樹蔭下的。」

「你這車是手排擋嗎？」

「對。」

「嗯，那你開我的小轎車，我開你的車進城。」

蓋茨比對這項提議很反感。

「但恐怕汽油不夠，」他回絕說。

「油多得很，」湯姆暴躁地說。他看看油表。「如果油不夠，我可以在藥房

☆2
That was it. I'd never understood before. It was full of money—that was the inexhaustible charm that rose and fell in it, the jingle of it, the cymbals' song of it.... High in a white palace the king's daughter, the golden girl...

停一下。這年頭藥房裡什麼都買得到。」

這句明顯沒什麼意義的話一說完，眾人默不作聲。黛西皺眉頭看著湯姆。蓋茨比臉上出現一抹無法定義的表情，完全陌生卻又似曾相識，彷彿我只聽人用言語描述過。

「來吧，黛西，」湯姆說，用手推著她走向蓋茨比的車子。「我開馬戲團篷車載妳。」

他打開車門，但她從他的臂彎裡脫身。

「你載尼克和喬登。我們開小轎車跟在後面。」

她緊靠著蓋茨比走，手扶著他的外套。喬登、湯姆和我坐進蓋茨比車子的前座，湯姆試探地按下不熟悉的排擋，我們衝進壓迫人的熱浪，拋下後面的兩人。

「你們看見了沒有？」湯姆盤問。

「看見什麼？」

他銳利地看著我，才發現喬登和我一定早就知情。

「你們以為我很蠢是吧？」他說。「或許我是蠢，但我有一種——有時候幾乎有種預知能力，讓我知道該怎麼做。或許你們不相信，但科學——」

他沒有繼續說。眼前的意外事件占據他的心思，把他從理論深淵的邊緣拉回來。

「我稍微調查了一下這傢伙，」他繼續說。「本來可以調查更深入，要是我早知道——」

「你是說你去找靈媒嗎？」喬登用幽默口吻問。

「什麼？」他被搞糊塗，瞪著正在笑的喬登和我。「靈媒？」

「問蓋茨比的事。」

「問蓋茨比的事！不，我才沒有。我是說我稍微調查了他的背景。」

「然後你發現他是牛津畢業的，」喬登幫腔。

「牛津畢業的！」他不可置信。「是才有鬼！拜託，他穿粉紅色西裝。」

「但是他還是牛津畢業的。」

「新墨西哥州牛津市，」湯姆嗤之以鼻說，「或諸如此類之地。」

「湯姆，你聽好。你要是這麼看不起人，幹嘛邀請他來午餐？」喬登生氣質問。

「是黛西請他來的。她在我們結婚前認識這個人——天知道是在哪兒！」

現在酒精退散了，令人感到焦躁，我們清楚這點，繼續沉默地開車。愛克伯格醫生褪色的眼睛出現在路邊時，我想起蓋茨比提醒過汽油的事。

「開到城裡還夠，」湯姆說。

「但這邊就有一間加油站，」喬登抗議。「我不想在這種烤箱一樣的天氣困在路邊。」湯姆不耐煩地踩剎車和拉上手剎車，車子揚起一片灰塵，霎時停在威爾森的招牌下。過了一會兒，老闆從店裡頭浮現，眼神空洞地盯著車子。

「我們要加油，」湯姆粗聲大喊。「你以為我們停下來幹嘛——欣賞風景嗎？」

「我生病了，」威爾森一動也不動說。「一整天都不舒服。」

「怎麼回事？」

「整個人沒力氣。」

「哦，那要我自己來嗎？」湯姆說。「你在電話上聽起來好得很。」

威爾森費了點勁離開遮蔭和門口的支撐，呼吸沉重地扭開油箱蓋。陽光下，他的臉色發青。

「我不是故意打擾你吃午飯，」他說。「但我急需要錢，我想知道你那輛舊車要怎麼處理。」

「這輛你看如何，」湯姆問。「我上禮拜才買的。」

「黃色的挺好看，」威爾森說，一邊費力加油。

「要不要買？」

「機會渺茫，」威爾森似笑非笑。「不了，但我可以靠另外那輛車賺點錢。」

「你幹嘛需要錢，這麼突然？」

「我在這裡待太久了，想離開。我太太和我要去西部。」

「你太太要去西部，」湯姆嚇了一跳。

「她已經講了十年。」他在加油機上靠了一下，手放在眼睛上遮陽。「現在無論她想或不想，她都得去。我要帶她走。」

小轎車快速開過去，只見一片灰塵和一隻揮舞的手。

「要付你多少油錢？」湯姆粗聲說。

「前幾天我剛發現一些怪事，」威爾森說。「所以我才要離開。所以我才為了車子的事情打擾你。」

「要付你多少錢？」

「一元兩角。」

不斷衝擊的熱氣讓我的腦筋糊塗起來，我費了點功夫才明白，目前為止他還沒有懷疑到湯姆頭上。他發現梅朵背著他在另一個世界裡還有另一種生活，這層震驚讓他的身體不舒服起來。我看看他，又看看湯姆，不到一小時前，湯姆才有同樣的發現——我想到人與人之間在智力或種族上的差異，遠不如生病與健康的人之間差異那麼大。威爾森病到看起來像在內疚，猶如犯下不可原諒的罪行——彷彿他弄大了某個可憐女孩的肚子。

「我會把車賣你，」湯姆說。「明天下午送過來。」

這一帶總是隱約令人不安，就連在陽光刺眼的下午也是，此刻我轉過頭去，彷彿有人要我提防後面。愛克伯格醫生的大眼睛在灰堆上維持警戒，但過了一會兒我發覺，還有另外一雙眼在不到二十呎的範圍內凌厲地注視我們。

修車廠上方的某扇窗戶窗簾被掀開一條縫，梅朵．威爾森正盯著車子。她如此專注，沒發現還有人在觀察她，各種情緒不斷在她臉上出現，就像照片裡漸漸顯影的物件。她的表情出奇眼熟——我時常在女人臉上看到這表情，但出現在梅朵．威爾森的臉上，那表情看似漫無意義又無法解釋，直到我明白，她嫉妒而瞪大的眼睛注視的不是湯姆，而是喬登．貝克。她誤以為她是湯姆的妻子。

一顆簡單的頭腦困惑起來可是非常不得了，我們開走的時候，湯姆開始感到陣陣恐慌。直到一個小時之前，他的妻子和情婦都安穩不可侵犯，現在卻

☆3
There is no confusion like the confusion of a simple mind, and as we drove away Tom was feeling the hot whips of panic. His wife and his mistress, until an hour ago secure and inviolate, were slipping precipitately from his control.

快速離開他的掌控☆3。本能促使他猛踩油門，既為了趕上黛西，也要拋下威爾森。我們以時速五十哩的速度往亞斯多里亞區[3]前進，一直開到如蜘蛛網格的高架路之間，才看見悠閒前進的藍色小轎車。

「五十街附近那些大型電影院很涼快，」喬登提議。「我喜歡夏天午後的紐約，所有人都出城去了，有種很感官的感覺——熟得過頭，彷彿各種奇異水果就要掉到手上。」☆4

「感官」兩字令湯姆更惴惴不安，但他還沒來得及找話來反駁，小轎車停了下來，黛西示意我們開到旁邊。

「我們要去哪裡？」她喊道。

「看電影怎麼樣？」

「太熱了，」她抱怨。「你們去。我們開車兜風，之後再跟你們碰頭。」她努力擠出一句俏皮話，「我們約在角落碰面。你們要是看到一個同時抽兩根菸的男人，那個人就是我。」

「不能在這邊爭，」湯姆不耐煩地說，這時一輛卡車在後面拉下咒罵的汽

3. 位於皇后區西邊，與紐約市隔著東河相望，從長島進城的路上會經過。

☆4
'I love New York on summer afternoons when every one's away. There's something very sensuous about it—overripe, as if all sorts of funny fruits were going to fall into your hands.'

笛。「你們跟著我到中央公園南邊，廣場飯店前面。」

好幾次他回頭找他們的車，要是他們被路上的車流耽擱，他就減速直到他們出現在視線裡。我想他是害怕他們倆會忽然彎進路邊巷子裡，永遠從他的生命裡消失。

但他們沒有，而且我們的舉動更令人費解——在廣場飯店租了一間套房的客廳。

我不記得拖了很久的喧嘩爭執最終是如何把我們趕進那個房間，但我清楚記得，我的內衣像濕漉漉的蛇沿著腿往上爬，還有冷卻的汗珠不時從背上流過。這個主意起源於黛西提議我們租五間浴室來泡冷水澡，之後演變為較可行的形式——「找個地方喝杯薄荷冰酒」。大家不斷說這真是「瘋狂的主意」——異口同聲對著不知所措的櫃檯人員嚷嚷，而且自以為，或是假裝以為，我們這樣非常風趣……

房間又大又悶，雖然已經四點，打開窗戶也只感受到從公園樹叢灌進來的熱風。黛西走到鏡子前面背對我們，整理她的頭髮。

「果然是一流的套房，」喬登低聲畢恭畢敬地說，大家都笑了。

「再開一扇窗，」黛西頭也不回地下命令。

「已經沒有窗戶了。」

「哦，那就打電話叫他們送斧頭上來——」

「妳就不要再去想天氣有多熱，」湯姆不耐煩地說。「這樣一直唸反而更熱十倍。」

他打開包著威士忌的毛巾，把瓶子放在桌上。

「別找她碴吧，老兄？」蓋茨比說。「是你要進城的。」

一陣沉默。釘在牆上的電話簿忽然嘩地掉到地上，喬登隨即低低說了聲「對不起」——但這次沒有人笑。

「我去撿起來，」我說。

「我來。」蓋茨比檢查了一下斷掉的繩子，耐人尋味地「哼！」了一聲，然後把電話簿往椅子上一扔。

「你覺得你那句話很了不起，是不是？」湯姆口氣鋒利。

「哪一句話？」

「那套『老兄老兄』的。你是打哪兒學來的？」

「你給我聽好了，湯姆，」黛西說，從鏡子前面回頭，「你要做人身攻擊的話，我一刻也不想待下去。打個電話叫人送冰塊上來做薄荷冰酒。」

湯姆拿起話筒時，蒸騰的熱氣爆裂成聲，我們聽見樓下舞廳傳來孟德爾頌〈結婚進行曲〉驚心動魄的和弦。

「想不到這種大熱天還有人結婚！」喬登很痛苦地大喊一聲。

「還說呢——我就是在六月中結婚的，」黛西回憶，「六月的路易維爾！還有人昏倒了。是誰來著的，湯姆？」

「畢拉克西，」他不耐煩地回答。

「一個叫畢拉克西的。『方塊』畢拉克西，他是做箱子的——千真萬確——而且他出身田納西州畢拉克西鎮。」

「有人把他扶到我家裡，」喬登補充說明，「因為我們家和教堂只相隔兩間屋子。他住了三個禮拜，直到爸爸叫他滾蛋。他一搬走隔天爸爸就過世。」彷彿怕自己剛才說得不大得體，過了一會兒她又補充一句：「兩件事沒有什麼關聯。」

「我認識一個曼菲斯人叫比爾．畢拉克西，」我說道。

「那是他表兄。他走之前，我對他的家族史已經瞭若指掌。他送我一根鋁製推桿，我到現在還在用。」

婚禮開始後音樂聲減弱，現在從窗戶傳來長長的歡呼，間或可聽見

「好——啊！」的呼聲，最後爵士樂響起，舞會開始了。

「我們老了，」黛西說。「要是還年輕，就會站起來跳舞。」

「你忘了畢拉克西嗎，」喬登警告她。「你在哪邊認識他的，湯姆？」

「畢拉克西？」他努力回想。「我不認識他。他是黛西家的朋友。」

「才不是，」她否認。「我之前從來沒見過他。他搭私家車下來的。」

「哼，他說他認識妳，說他在路易維爾出生長大。亞薩・博德在最後一分鐘把他帶進來，問我們還有沒有位置給他坐。」

喬登笑了一笑。

「他八成是想辦法招搖撞騙回老家。他還跟我說，他是你耶魯同一屆的學生會會長。」

湯姆和我茫然地互看一眼。

「畢拉克西？」

「第一，我們根本沒有什麼學生會會長——」

蓋茨比的腳在地上連續點了好幾下，湯姆忽然盯著他。

「對了，蓋茨比先生，我聽說你是牛津畢業的。」

「也不算是。」

「哦，沒錯，我聽說你讀牛津。」

「是的——我讀過。」

一陣停頓。然後，湯姆的聲音充滿懷疑和羞辱：「你就讀牛津的時期大概和畢拉克西去紐黑文同時吧。」

又是一陣停頓。一個服務生敲門送碎薄荷葉和冰塊進來，但他的「謝謝您」和輕輕的關門聲還是沒有打破沉默。重大細節終於到了澄清的時候。

「我跟你說我讀過，」蓋茨比說。

「我聽見了，但我想知道是什麼時候。」

「一九一九年，我只待了五個月。所以我不能說自己是牛津畢業的。」

湯姆看看四周，想知道我們是否跟他一樣不可置信。但我們全都看著蓋茨比。

「休戰之後他們提供機會給一些軍官，」他繼續說。「我們可以選擇英國或法國任何一所大學。」

我想站起來拍拍他的肩膀。我對他的感覺就像前幾次那樣，又再度充滿信任。

黛西站起來，微微一笑，走到桌子旁邊。

「打開威士忌啊，湯姆，」她吩咐，「我來幫你調杯薄荷冰酒，這樣你就不會覺得自己這麼蠢……看看這些薄荷！」

「等一等，」湯姆怒氣沖沖地說，「我還有個問題要問蓋茨比先生。」

「請說，」蓋茨比客氣地回答。

「你到底打算在我家製造什麼糾紛？」

他們終於攤牌，正合蓋茨比的意。

「他沒有製造什麼糾紛。」黛西惶恐地看看這一個又看看那一個。「是你在製造糾紛。拜託你自制一點。」

「自制！」湯姆不可置信地重複。「原來最近流行裝聾作啞然後讓來歷不明的無名小卒跟自己老婆上床。如果是這樣，不用算我一份……這年頭的人瞧不起家庭生活和家庭制度，再來就什麼都可以不要，連黑白都可以通婚。」

激昂的胡言亂語讓他漲紅了臉，他覺得自己孤軍站在文明的最後一道防線上。

「在場大家都是白人，」喬登低聲說。

「我知道自己不受歡迎。我不辦大型派對。我猜這年頭一個人非得把自己家搞成豬窩一樣才能交朋友。」

我憤怒不已，大家都是，但他一開口就讓我想笑。從縱慾到道貌岸然的轉換可以如此徹底。

「我有一件事要告訴你，老兄——」蓋茨比開始說。但黛西猜到他的意圖。

「求求你別說！」她無助地急著打斷他。「拜託，我們回家吧，大家都回家好嗎？」

「好主意。」我站起來。「走吧，湯姆。沒有人想喝酒。」

「我想知道蓋茨比先生要告訴我什麼。」

「你太太不愛你。」蓋茨比說。「她沒有愛過你。她愛的是我。」

「你肯定是瘋了！」湯姆激動地脫口而出。

蓋茨比倏地站起來，因興奮而渾身是勁。

「她從來沒有愛過你，你聽見了嗎？」他大聲說。「她嫁給你只是因為我沒錢，她不想再繼續等下去。那是個天大的錯誤，但她內心深處除了我之外從來沒有愛過別人！」

現在我和喬登想要走，但湯姆和蓋茨比雙雙堅持我們留下來——彷彿兩人都沒什麼好隱瞞的，而且感受他們的情緒會是我們的榮幸。

「坐下來，黛西，」湯姆試著裝出父親的口吻，但沒有成功。「到底是怎麼一回事？全盤說來給我聽聽。」

「我來告訴你是怎麼一回事，」蓋茨比說。「五年來都是這一回事，而且你毫不知情。」

湯姆霍地轉頭面對黛西。

「你偷偷跟這傢伙來往五年了？」

「不是來往，」蓋茨比說。「我們沒辦法見面。但我倆一直相愛，老兄，而你渾然不知。有時候我笑」——但他的眼裡沒有笑——「想到你被矇在鼓裡。」

「哦——就這樣啊。」湯姆像個牧師把十根粗手指合攏起來輕叩，靠到椅背上。

「你瘋了！」他忽然爆發。「五年前的事我沒什麼好說，因為那時候我不認識黛西——你除非是送貨到她家後門，否則能走近她一哩內才有鬼。其他的統統都是胡說八道。黛西嫁給我的時候愛著我，她現在也還是愛我。」

「不，」蓋茨比搖搖頭。

「她的確愛我，問題是有時候她腦子裡跑出一些蠢念頭，不知道自己在做什麼。」他像個智者點點頭。「更重要的是，我也愛黛西。偶爾我玩過了頭，搞得自己像個蠢蛋，但我總是回心轉意，在我心裡我一直愛著她。」

「你讓我噁心，」黛西說。她轉過來面對我，聲音低了八度，錐心的譴責填滿室內：「你知道我們為何離開芝加哥？竟然沒人跟你說過那個玩過頭的小故事。」

蓋茨比走過去站在她身旁。

「黛西，那些都結束了。」他誠懇地說。「現在都不重要了。把事實真相告訴他就好——說妳從來沒有愛過他——然後一切就此一筆勾銷。」

她茫然看著他。「是啊——我怎麼可能——愛他？」

「妳從來沒有愛過他。」

她猶豫，眼神落在我和喬登身上，像在懇求，彷彿她終於發現自己在做什麼——彷彿她一直以來從沒打算做任何舉動。但木已成舟，已經太遲了。

「我從來沒有愛過他，」她說，明顯看得出很勉強。

「連在卡皮歐拉尼[4]也沒有？」湯姆忽然質問。

「沒有。」

樓下舞廳隱約傳來令人窒息的和弦，漂浮在空氣熱浪之上。

「連我把妳從酒碗火山口[5]抱下來，以免妳鞋子濕掉那天也沒有？」他沙啞的聲調有一絲溫柔……「黛西？」

「請別這樣。」她的聲音冷淡，但已經聽不出憎惡。她看著蓋茨比。「好了，傑，」她說——但是想點菸的手不住顫抖。忽然間她把香菸和燃燒的火柴一併丟到地毯上。

「喔，你要的太多了！」她對著蓋茨比哭喊。「我現在愛你——這樣還不夠嗎？過去的事我沒辦法改變。」她無助地哭了起來。「我的確愛過他——但我也愛著你。」

蓋茨比的眼睛張開又闔上。

「妳**也**愛著我？」他重複。

「就連這句也是假話，」湯姆惡狠狠地說。「她根本不知道你是死是活。哎呦——我和黛西之間有些事情你永遠不會知道，是我們倆一輩子也不會忘記的事。」

這些話似乎深深刺痛了蓋茨比。

「我想和黛西單獨談談，」他堅持。「她現在太激動——」

4. 夏威夷檀香山市附近的景點，現闢為公園。

5. 位於檀香山市附近的死火山。

「就算單獨談我也不能說我沒愛過湯姆，」她可憐兮兮地承認。「那就是撒謊。」

「當然是這樣沒錯，」湯姆表示贊同。

她轉過來面對她丈夫。

「你真的在乎？」她說。

「我當然在乎。從現在開始，我會更細心照顧妳。」

「你不懂，」蓋茨比的語氣有些慌張。「你不必再照顧她了。」

「我不必？」湯姆瞪大了眼睛笑。他現在可以克制自己了。「你倒是說說看理由。」

「黛西要離開你。」

「胡說八道。」

「是真的，」她說，看得出來說這話很費勁。

「她不會離開我！」湯姆忽然對著蓋茨比大吼。「而且更不可能是為了一個騙子，連結婚戒指也得去偷來的騙子。」

「我受不了了！」黛西哭著說。「求求你們，我們走吧。」

「你到底是什麼人？」湯姆爆發開來。「你跟邁爾・沃夫山那幫人一起混——這點我倒還曉得。我對你那些勾當做了點調查——明天還有更詳細的。」

「你喜歡調查就請便，老兄。」蓋茨比從容地說。

「我知道你那『藥房』是怎麼回事。」他轉過來面對我們滔滔不絕。「他跟這個沃夫山，在本地和芝加哥買下一大堆巷內小藥房，透過櫃檯在賣酒。這是他的眾多小把戲之一。我一眼就看穿他是賣私酒的，果然沒看走眼。」

「那又怎樣？」蓋茨比客氣地說。「你的朋友華特・切斯來跟我們合夥並不覺得丟臉。」

「然後他被你擺了一道，不是嗎？你讓他在新澤西坐了一個多月的牢。老天！你真該聽聽華特是怎麼說你。」

「他找上我們的時候窮到破產，他很高興可以賺幾個錢，老兄。」

「不准你叫我老兄！」湯姆大吼。蓋茨比沒說話。「華特大可告你們非法賭博，但沃夫山把他嚇得閉上嘴。」

那陌生但似曾相識的表情又出現在蓋茨比臉上。

「藥房的事不過是小意思，」湯姆慢慢地接著說，「你們現在搞的花樣，華特連講都不敢講。」

我瞄了黛西一眼，她嚇得來回看著蓋茨比和她丈夫，又看著喬登，現在喬登又開始專心用下巴平衡一個看不見但引人入勝的物品。然後我轉過去看蓋茨比——他的表情讓我嚇了一跳。我先聲明，我是從來不把花園裡的謠言當一回事，但他看起來就像——彷彿剛「殺了人」。有一剎那，那個神奇的說法恰恰可以拿來形容他的表情。

那表情一閃而過，他開始激動地對著黛西說話，否認一切，否認還沒對他做出來的指控。但一字一句只讓她更加退縮到內心世界，於是他放棄，下午的時間繼續流逝，只有死去的夢仍然在掙扎，試著抓住已經掌握不住的東西，慘淡但不絕望地繼續掙扎，面對房間另一頭已經無聲的聲音☆5。

那聲音又開始央求要走。

「**求求你，湯姆！我再也受不了了。**」

她惶恐的眼神在說，無論她曾經有過任何企圖與勇氣，現在篤定已經消失。

「你們倆先回家，黛西，」湯姆說。「坐蓋茨比先生的車走。」

她看著湯姆，內心驚惶，但他刻意寬宏大量以示輕侮，堅持他們走。

「去啊。他不會騷擾妳。我想他明白他的痴心妄想已經結束了。」

他們走了，一句話也沒說，一轉眼就不見，無足輕重像鬼魂一樣疏離，甚至來不及接受我們的同情。

☆5
But with every word she was drawing further and further into herself, so he gave that up and only the dead dream fought on as the afternoon slipped away, trying to touch what was no longer tangible, struggling unhappily, undespairingly, toward that lost voice across the room.

過了一會兒湯姆站起來，用毛巾包起未開瓶的威士忌。

「要來點嗎？喬登？……尼克？」

我沒回答。

「尼克？」他又問一次。

「幹嘛？」

「要來一點嗎？」

「不要……我剛想起來今天是我生日。」

我三十歲了。新的十年在我面前展開，一條令人畏懼的險路。

我們跟他坐上小轎車動身回長島時是七點。湯姆喋喋不休，有說有笑，但對我和喬登而言，他的聲音就像人行道上不相干的喧鬧聲，或頭頂上高架道路車聲那麼遙遠。人的同情心有其限度，我們樂於讓他們悲劇的爭執連同城市燈光一起在背後消逝。三十歲了——確定等在我眼前的是十年的寂寞，越來越少的單身朋友，越來越貧瘠的熱情，越來越稀疏的頭髮。但我身邊還有喬登，她和黛西不同，她夠聰明，且不會年復一年緊抓著陳年舊夢不放☆6。我們開過昏暗的大橋，她蒼白的臉懶洋洋地靠在我的外套肩膀上，她緊握住我的手安撫我，讓前來叩關的三十歲不再那麼令人畏懼。

☆6
Thirty—the promise of a decade of loneliness, a thinning list of single men to know, a thinning brief-case of enthusiasm, thinning hair. But there was Jordan beside me who, unlike Daisy, was too wise ever to carry well-forgotten dreams from age to age.

於是我們在漸漸涼下來的黃昏裡，繼續向死亡駛去☆7。

在灰堆旁邊開咖啡店的年輕希臘人米開力斯是命案的主要目擊者。那個大熱天裡他一直睡到下午五點，然後閒晃到修車廠，發現喬治．威爾森病懨懨待在辦公室裡——病得嚴重，臉色跟他的頭髮一樣蒼白，整個人在發抖。米開力斯勸他上床休息，但威爾森拒絕，說這樣會錯失不少生意。這位鄰居正在勸服他的時候，樓上傳來激烈的吵鬧聲。

「我把我老婆鎖在上面，」威爾森冷靜地解釋。「我讓她在樓上待到後天，然後我們就要搬走。」

米開力斯目瞪口呆；做了四年鄰居，威爾森看起來壓根不像說得出這種話的人。平日他一副萎靡不振的模樣：不工作的時候就坐在門口椅子上，看著過往的人和車。任何人跟他說話，他總是和氣而無精打采地笑笑。他沒有自我，一切任他老婆擺布。

於是米開力斯自然而然想了解發生了什麼事，但威爾森一個字也不肯講——而且開始用奇異而懷疑的眼神看他的訪客，問他某個日子的某個時間在做什麼。鄰居開始感到不自在，正巧這時有一些工人經過門口往他的餐廳走

☆7
So we drove on toward death through the cooling twilight.

去，於是米開力斯藉機離開，打算晚一點再回來。但他後來沒有回來，他想自己大概就是忘了，沒什麼特別原因。他下一次走到外頭是七點剛過，聽見修車廠傳來威爾森太太的咒罵聲，而想起之前的對話。

「你打我啊！」他聽見她大喊。「把我推倒打我啊，你這骯髒的懦夫！」過了一會兒她衝到黑暗的室外，揮手大喊——他還來不及離開家門口，整件事已經結束。

那輛「凶車」——根據報紙的說法——沒有停下來；它從黑暗中出現，在悲劇現場猶疑了一下，然後消失在下一個彎道。米開力斯甚至無法確定車子的顏色——他跟第一個警察說是淺綠色。另一輛往紐約方向的車在前方一百碼停下來，駕駛急忙趕回梅朵·威爾森氣絕的現場，她跪在路中央，深色濃稠的血和塵土糊成一片。

米開力斯和這個人最先趕到她身邊，然而當他們撕開她身上仍然汗濕的襯衫，看見她的左邊乳房鬆垮垮地耷拉著，已經知道沒必要再去聽她的心跳。她的嘴巴張得很大，嘴角撕裂，那模樣像是她吐出貯藏一輩子的旺盛活力時被噎住。

我們遠遠就看見三四輛汽車和圍觀的人群。

「車禍！」湯姆說。「很好。威爾森總算有生意上門。」

他減速，但沒打算停車，一直到靠近修車廠的門口，人們沉默緊繃的表情讓他不由自主踩了剎車。

「我們看一下，」他猶豫地說，「看一眼就好。」

我開始意識到從修車廠不斷傳來的空洞哀嚎聲，我們下車走向門口，那聲音變成字句，一陣陣上氣不接下氣的呻吟：「哦，我的天啊！」

「出了什麼大亂子了，」湯姆興奮地說。

他踮腳從圍觀的人頭上往修車廠看過去，裡頭只有一盞懸吊式鐵網工作燈的黃光。然後他喉頭哼了一聲，用強壯的手臂粗暴推開人群往裡頭走。

圍觀的人發出陣陣抗議之後再度合攏起來；時間不過一分鐘，我什麼也沒看見。接著後到的人打散了圓圈，我和喬登忽然被推到裡頭。

兩床毛毯蓋住梅朵．威爾森的屍體，彷彿在這炎熱的夜裡她還著了涼，屍體放在一個工作台上。湯姆背對我們，彎腰看著她，一動也不動。他旁邊有個摩托車刑警，正在把相關人名抄在小本子上，一邊流汗一邊塗改。一開始我不曉得空蕩修車廠裡高昂的哀號是從哪裡來——然後我看見威爾森站在辦公室高起來的門檻上，雙手抱著門柱前後搖晃。有個人和他低聲說話，不時想把手放在他的肩膀上，但威爾森什麼都看不見也聽不到。他的眼神慢慢從搖晃的燈落到牆邊停放屍體的桌子，然後又猛地望向燈的方向，不斷發出高昂可怕的哀號：

「哦，我的天啊！哦，我的天啊！哦，我的天啊，哦，我的天啊！」

湯姆現在忽然抬起頭，目光呆滯環顧一下修車廠，對著警察說了一句含糊不清的話。

「M、a、v、」那個警察正在說，「、o—」

「不，是r、」那個人糾正他，「M、a、v、r、o、」

「聽我說！」湯姆激動而喃喃地說。

「r，」警察說，「o—」

「g—」

「g—」湯姆的大手猛地落在他肩膀上，他抬起頭。「你要什麼，伙計？」

「發生了什麼事？——我要知道。」

「她被車子撞到。當場死亡。」

「當場死亡，」湯姆複述，兩眼發直。

「她衝到路上。那混帳甚至沒停車。」

「總共有兩輛車，」米開力斯說，「一輛開來一輛開去，清楚嗎？」

「去哪裡？」警察認真地問。

「各自往不同的方向。唔，她，」——他把手舉起來往毯子的方向，但舉到一半又垂到身邊——「她跑到路上，被紐約方向來的那輛迎面撞上，車速大概三十或四十哩。」

「這地方叫什麼名字？」警察盤問。

「沒有名字。」

一個衣著體面的淡膚色黑人走近。

「肇事的是一輛黃色車子，」他說，「黃色的大車，很新。」

「你目睹意外發生？」警察問。

「沒有，但車子從我身邊開過去，車速不只四十，有五十或六十哩。」

「過來這邊報一下名字。讓一讓，我要記他的名字。」

對話裡的幾個字句一定是傳到了威爾森耳朵裡。仍然在辦公室門口搖晃的他，哀號聲裡忽然出現新的主題：

「不用告訴我是哪一款的車子！我知道是哪一款車子！」

我看著湯姆，看見他外套底下肩膀的大塊肌肉繃緊。他快步走向威爾森，站在他面前，緊抓住他的上臂。

「你先振作一下，」粗聲粗氣之中有安慰。

威爾森的眼神落到湯姆身上：他踮起腳尖，要不是湯姆扶著他，他準會膝蓋一軟跪下去。

「聽好，」湯姆說，輕輕搖著他。「我一分鐘前才剛從紐約到這裡，正要把之前跟你提過的那輛車開來給你。下午我開的那輛黃色車子不是我的——你聽見了嗎？我從下午之後就沒見過那輛車。」

只有我和那個黑人站得夠近，聽清楚他說的話，但警察從語氣裡聽出一絲異樣，氣勢洶洶地往這邊看。

「你們在說些什麼？」他質問。

「我是他的朋友。」湯姆轉過頭，但手還牢牢握著威爾森。「他說他知道肇事的車子……是一輛黃色的車。」

模糊的直覺讓警察懷疑地看了湯姆一眼。

「那你的車是什麼顏色？」

「藍色的，是小轎車。」

「我們剛從紐約過來，」我說。

一路上開在我們後面不遠的人確認了這一點，然後警察轉過頭。

「好，先讓我把正確名字記下來——」湯姆把威爾森像娃娃一樣拎起來，帶他進辦公室，讓他坐好在一張椅子上以後走出來。

「誰來陪他坐一下，」他厲聲發號施令，一邊盯著站得最近的兩個人，他們互看了一眼，不太甘願地走進去。然後湯姆關上門，步下台階，眼神迴避那張桌子，經過我身邊時低聲說：「我們走。」

他不自在地用權威的大手開路，我們穿越人群，經過一個匆匆趕到的醫生，他手上拎著皮箱，半小時前人們抱著一線希望把他請來。

湯姆慢慢開走，過了轉彎處許久，他才猛踩油門，小轎車在黑夜裡高速前進。過了一會兒我聽見低沉而沙啞的啜泣，看見眼淚從他臉頰簌簌流下。

「該死的懦夫！」他邊哭邊說。「甚至不肯停車。」

布坎南的家從一片沙沙作響的黑暗樹林中浮現在我們眼前。湯姆把車停在門口旁，抬頭看二樓，藤蔓之間有兩扇窗戶亮著光。

「黛西回來了，」他說。我們下車的時候，他微微皺眉頭看著我。

「我應該在西卵放你下來的，尼克。今晚沒什麼事可做了。」

他變了個人，語氣沉著而堅定。月光下我們走過碎石子路到門口，他用簡短幾句話打點好當下情況。

「我打電話叫計程車送你回去，你和喬登趁等車的時候到廚房來，我讓人弄點晚餐——如果你們肚子餓的話。」他打開門。「請進。」

「不了，謝謝，但麻煩你幫我叫計程車。我在外面等就好。」

喬登把手放在我手臂上。

「你不進來嗎，尼克？」

「不了，謝謝。」

我覺得不太舒服，只想回家。但喬登又逗留了一會兒。

「現在才九點半，」她說。

我死也不會進去；今天一天我已經受夠了他們所有人，忽然間連喬登也包括在內。她一定是從我的表情看出一點苗頭，因為她瞬間轉過身，跑向門口的台階進入屋裡。我坐了幾分鐘，雙手抱著頭，一直到我聽見屋裡的電話筒被拿起，聽見管家在叫車的聲音。然後我沿著車道慢慢遠離屋子走開，打算在大門口等車。

還沒走出二十碼就聽見有人叫我的名字，蓋茨比從樹叢之間走到車道上。我那時一定是有點神志不清，因為我滿腦子只注意他那套在月光下閃閃發光的粉紅色西裝。

「你在做什麼？」我問。

「就站在這裡，老兄。」

不知為何，感覺是個鄙夷的消遣。搞不好他等下就要進去搶劫；就算看見沃夫山那幫人的邪惡嘴臉從他背後的黑暗灌木叢出現，我也不會驚訝。

「你看到路上出車禍嗎？」過了一分鐘他問。

「有。」

他遲疑了一下。

「她死了嗎？」

「對。」

「我想也是；我告訴黛西我覺得她死了。驚嚇還是一次來比較好。她表現得還算堅強。」

他說得彷彿只有黛西的反應最重要似的。

「我開小路到西卵，」他繼續說，「把車子停在我的車庫裡。應該沒有人看見我們，但我當然不能確定。」

我對他的厭惡在這一刻到了極點，根本懶得告訴他他錯了。

「那個女人是誰？」他問。

「她姓威爾森。她先生是修車廠老闆。怎麼會弄出這種事？」

「呃，我試著去扳方向盤——」他忽然打住，忽然間我猜到事實真相。

「開車的是黛西嗎？」

「對。」過了一會兒他說。「但我當然會說是我。你知道，我們離開紐約的時候她非常緊張，她覺得開車可以讓她鎮定下來——那個女人朝我們衝過來的時候，我們正和對面方向的車子會車。前後不到一分鐘，但我感覺她好像要跟我們說話，以為我們是她認識的人。一開始黛西避開那女人往對面的車衝過去，然後她一時緊張又轉回來。我的手一碰到方向盤就感覺到衝擊——她一定是當場被撞死。」

「她開腸破肚——」

「別告訴我這些，老兄。」他抽搐了一下。「總之——黛西猛踩油門，我試著讓她停車，但她辦不到，於是我拉了手剎車。她跌到我懷裡，換我繼續開。」

「她明天就會沒事了，」不一會兒他說。「我先在這裡等一下，看他是否會為了下午的爭執去為難她。現在她把自己反鎖在房間裡，要是他想動粗，她會把燈關上再打開。」

「他不會去動她，」我說。「他現在想的不是她。」

「我不信任那個人，老兄。」

「你打算等到什麼時候？」

「有必要的話一整晚。總之，等到他們都上床睡覺。」

我忽然有個新的看法。假使湯姆發現開車的人其實是黛西，他可能會認為自己從中看出端倪——他可能會起疑心。我看著屋子；樓下兩三扇窗戶亮著燈，二樓黛西的房間映出粉紅色燈光。

「你在這裡等，」我說。「我去看看有沒有吵鬧跡象。」

我沿著草坪邊緣走回去，放輕腳步走過碎石子車道，躡手躡腳走上陽台的台階。客廳的窗簾開著，裡面沒人。我穿越三個月前那個六月晚上我們用餐的陽台，來到一個亮著燈的小方窗下，我猜那是廚房窗戶。百葉窗闔著，但窗台上有個縫隙。

黛西和湯姆面對面坐在餐桌兩邊，中間有一盤冷掉的炸雞和兩瓶麥芽啤酒。他隔著餐桌專注對著她說話，激動之餘還把手放下來，覆蓋住她的手。她不時抬頭看他，點頭表示同意。

他們的樣子並不快樂，沒有人去碰面前的炸雞或啤酒——然而也不是不快樂。眼前的景象有種錯不了的親密氣氛，任誰看了，都會說這兩人正在密謀。

從陽台躡手躡腳出來的時候，我聽見我的計程車在黑暗中摸索方向開往屋子。蓋茨比在車道旁剛才的位置等我。

「一切平安無事嗎？」他焦急地問。

「對，一切平安無事。」我猶豫。「你還是回家睡一下吧。」

他搖搖頭。

「我要等到黛西上床睡覺為止。晚安了，老兄。」

他把手放進外套口袋，急著轉身回去繼續監視屋子，彷彿我在場會玷污他的神聖守夜。於是我走開，留下他徒然守在月光下。

8

我整夜不成眠。海灣不住傳來霧角的呻吟，我像病了似的在醜惡現實和殘酷駭人的夢境之間輾轉難眠。快天亮時，我聽到計程車開上蓋茨比家車道的聲音，立刻跳下床開始著裝——我覺得有話要告訴他，要警告他，若是等到早上就太遲了。

穿越他家的草坪時，我看見前門還開著，他靠在走廊上的一張桌子旁，沮喪或睡眠不足讓他頹靡不振。

「沒發生什麼事，」他有氣無力地說。「我一直等，大概四點鐘的時候她走到窗口站了大約一分鐘，然後關上燈。」

我們搜遍每一個偌大的房間找菸，那天晚上他家感覺起來前所未有的龐大。我們推開帳篷似的窗簾，摸索過數不清的黑漆漆牆面尋找電燈開關——我還一度絆倒，摔在一具幽靈似的鋼琴鍵盤上，發出好大聲響。到處都是灰塵，房間滿是霉味，好像已經很多天沒有通風。我在一張未曾注意過的桌上找到菸草罐，裡頭有兩根乾癟的香菸。我們推開客廳的落地窗，坐在黑暗裡抽菸。

「你應該去避風頭，」我說。「他們肯定會追蹤到你的車。」

「你叫我現在離開，老兄？」

「到大西洋城待一個禮拜，或是北上到蒙特婁。」

他不肯考慮。在他知道黛西的打算之前，無論如何不會離開她。他緊抓住最後一線希望，我不忍心要他放手。

就是在這天晚上，他把年輕時和丹・寇迪的奇異故事告訴了我——因為「傑・蓋茨比」已經像玻璃一樣被湯姆的惡意擊碎，漫長的秘密狂想曲也終於落幕。我想現在的他會毫無保留地承認一切，但他只想談談黛西。

她是他認識的第一個「大家閨秀」。他曾經以各種不知名身分接觸過這樣的人，但中間總是隔了一層看不見的鐵絲網。他發現自己無可救藥地被她吸引。他去她的家，剛開始和泰勒營的軍官一起去，之後獨自去。她的家令他驚奇——他從來沒去過這麼漂亮的房子。但更讓他喘不過氣的是黛西就住在裡頭——這對她而言如此稀鬆平常，就像泰勒營帳篷之於他。房屋裡充滿了神秘氣氛，隱藏在樓上的臥房好像比其他臥房更美麗涼爽，走廊上處處有人在尋歡作樂，還有浪漫情事發生——不是陳舊褪色那種，而是新鮮充滿生氣，像是本年度最閃耀的新車，或是鮮花還沒凋謝的舞會。愛慕黛西的男人眾多，也讓他興奮——在他眼裡更增添她的身價。他感覺屋裡到處有那些人的身影，空氣中仍瀰漫著他們激烈情感的影子和回音。

但他知道自己出現在黛西的家純屬因緣際會。無論身為傑．蓋茨比的他有多麼光輝的未來，目前的他是個沒有過去的窮光蛋，他那有如隱形斗篷的軍服隨時可能滑落。於是他充分利用時間，有什麼拿什麼，肆無忌憚而且大把大把地拿取——最終在一個寧靜的十月夜裡，他也占有了她的身體，就因為他其實連摸摸她手的資格也沒有。

他也許應該看不起自己，因為他畢竟用了欺騙的手段才占有她。我不是指他謊稱自己是百萬富翁，但他刻意給黛西安全感，讓她誤以為他的出身跟她不相上下，因此有能力照顧她。事實上，他根本沒這個能力——他的背後沒有富裕家庭撐腰，而且不近人情的政府只要一聲令下，他隨時會被分派到天涯海角。

但他並沒有看不起自己，事情的發展也不若他想像。原本，他八成是打算玩玩就走——但現在他發現自己投身於追求聖杯。他知道黛西不尋常，但他不曉得一個「大家閨秀」可以不尋常到什麼地步。她消失在她的豪宅裡，消失在她富裕美滿的生活裡，留給蓋茨比的是零。覺得和她定下終身的是他，如此而已。

兩天之後他們再次相見，喘不過氣的是蓋茨比，被出賣的反而是他。她家陽台闊氣地如星光閃耀；她轉過來讓他吻她奇妙而可愛的嘴唇時，藤椅時髦地嘎吱作響。她感冒了，聲音比平時更沙啞迷人，蓋茨比深切感受到財富禁錮和保存的青春與神秘，領略到眾多華服能讓人清新脫俗，讓黛西像白銀一樣閃耀，安然無視於底下窮苦人的掙扎☆1。

「我真的沒辦法形容，當我發現我愛她的時候我有多驚訝，老兄。有一陣子我還希望她會甩了我，但她沒有，因為她也愛我。她覺得我懂很多，因為我懂的事跟她知道的不一樣……就這樣，遠超出我的盤算，每分每秒我越陷越深，忽然間我不在乎了。假如光是告訴她我未來的打算已經那麼開心，何必還去做什麼大事？」

動身赴海外前的最後一個下午，他摟著黛西默默坐了良久。那是個冷冽的秋天，她房裡生了火，把她的臉頰映得紅通通。她不時挪動身體，他的手臂也跟著稍微換姿勢，一度他親吻了她閃爍的黑髮。那天下午讓他們倆平靜了一點，彷彿為了明天即將來臨的久別，先貯存一些深刻的回憶。她無聲用嘴唇掃過他的外套肩膀，他觸摸她的指尖，非常輕柔，彷彿怕吵醒她睡覺，在相愛的

☆1
Gatsby was overwhelmingly aware of the youth and mystery that wealth imprisons and preserves, of the freshness of many clothes and of Daisy, gleaming like silver, safe and proud above the hot struggles of the poor.

那個月裡，這是彼此最親密，也最心意相通的一刻。

他在戰場上表現異常優異。還沒到前線之前他已經是上尉，阿爾貢戰役之後，他被拔擢為少校兼地區機槍師的指揮官。休戰之後他瘋狂急著回國，但複雜的情況抑或是誤會，導致他被送到牛津去。現在他擔心了——從黛西信裡讀得到緊張絕望的情緒。她不明白為何他不能回來。她開始感受外界的壓力，她必須見他，感覺他在身邊，以確定自己做的是正確的事。

畢竟黛西還年輕，她的人造世界裡充滿蘭花和愉快歡心的勢利派頭，樂隊排定了一年分的節奏，用新曲子把生活的悲哀和可能性做了總結。薩克斯風淒淒地徹夜傾訴〈畢爾街藍調〉裡絕望的評註，一百雙金銀便鞋揚起閃耀的灰塵起舞。到了傍晚午茶時刻，總會有個房間不住傳來這種低沉甜蜜的熱度，新鮮面孔飄來蕩去，像玫瑰花瓣被悲傷的喇叭樂聲吹落地板上。

在這暮色的世界裡，黛西又開始隨季節交替而活躍；轉瞬間她又每天忙著和五六個男孩子赴五六次約會，破曉時分才睡眼惺忪上床，鑲了珠子的雪紡洋裝和凋謝的蘭花皺成一團丟在床邊地上。她現在就要一種明確具體的生活，刻不容緩——而這個決定需要一點近在眼前的力量——愛情，或金錢，或確鑿的現實性。

這個力量在仲春時，隨著湯姆．布坎南的抵達而成形。他的人和地位都有十足分量，讓黛西受寵若驚。毫無疑問她一定感到一點掙扎，還有一點解脫。信寄到蓋茨比手上的時候，他還在牛津。

現在長島已經是清晨，我們動手把樓下其餘的窗戶全打開，屋裡充滿似灰還金的光線。一棵樹的影子忽然從朝露間出現，看不見蹤影的小鳥在藍色樹葉間歌唱。空氣中有股緩慢舒服的流動，幾乎不成風，承諾著今天會是涼爽美麗的一天。

「我不覺得她愛過他。」蓋茨比從一扇窗前轉過來挑釁地看著我。「你可別忘了，老兄，今天下午她非常激動。他跟她講那些話的方式嚇著她，他把我形容得好像是下三濫的騙子，結果害得她不曉得自己在說什麼。」

他幽幽坐下。

「當然她有可能愛過他一分鐘，在他們新婚的時候——但就連當下她也更愛我，你懂嗎？」

忽然間他講了一句耐人尋味的話。

「總而言之，」他說，「這只是私事。」

這樣一句話，讓人不禁想到他已花費多少心力去揣想那件無法度量的情事啊！

他從法國回來時，湯姆和黛西還在度蜜月，他忍不住花掉最後一點軍餉，傷心難過地去了一趟路易維爾。他在那裡待了一個禮拜，踏遍他們在十一月夜裡一起踏過的街道，再次造訪他們開著她的白色小轎車去過的偏僻地方。就像黛西家的房子，一直讓他覺得比別的房子還神秘歡樂，他對這座城市也有一樣的感覺，這裡到處瀰漫著憂鬱的美，即便黛西已經不在了。

離開的時候他有種感受，他如果更努力尋找，就可能找到她，彷彿是他把她拋下了。硬座車廂裡——他現在身無分文了——很熱。他走出去到車廂後端的通廊，在一張折疊椅上坐下，車站從眼前溜過，一棟棟陌生建築物背面也從眼前移動過去。然後火車開往春天的田野，一輛黃色電車與他們並排飛馳了一陣子，車上的人或許在街道上也曾經看過她蒼白神奇的臉龐。

鐵軌現在拐了個彎，背著太陽行駛，日頭越向西沉，陽光像賜福一樣照在消失的城市上方，一個曾經有她呼吸的城市。他絕望伸出手，彷彿就為了抓住一絲空氣，保存這裡的一點碎片，是因為有她，這個地方才迷人。但在他朦朧淚眼裡一切都去得太快，他知道他已經失去了，最新鮮最美好的已經永遠失去了。

我們用完早餐走到陽台時是早上九點。天氣一夜之間起了劇變，空氣中有秋天的味道。那位園丁是蓋茨比前一批傭人裡的最後一位，走到台階下方。

「今天要把泳池的水放掉了，蓋茨比先生。很快就要落葉，到時常常塞住水管就很麻煩。」

「今天先別放，」蓋茨比回答。他帶著歉意轉向我。「你知道嗎，老兄，我整個夏天都沒用過游泳池。」

我看看錶站起來。

「我那班車再十二分鐘就到。」

我不想進城。我沒精神做什麼像樣的工作，但不只如此——我不想留蓋茨比一個人獨處。我錯過那班車，然後又錯過下一班，最後才勉強離開。

「我再打電話給你，」最後我說。

「一定，老兄。」

「大概中午的時候。」

我們慢慢走下台階。

「我想黛西也會打來吧。」他盼望地看著我，彷彿希望我確認。

「我想會吧。」

「那麼，再見了。」

我們握手，然後我走開。快走到籬笆之前，我想起一件事情轉過身。

「他們是一群混帳，」我隔著草坪大喊。「你比他們一幫人加起來還強多了。」☆2

我一直很慶幸自己說了這句話。那是我唯一給過他的讚美，因為我自始至終都不認同他。一開始，他禮貌地點點頭，然後那燦爛又會心的微笑在他臉上綻放，彷彿我們倆一直對這事實有種樂此不疲的默契☆3。他華麗的粉紅色西裝在白色台階上色彩耀眼，我想到三個月前我第一次來到他這座古典大宅。草坪和車道上擠滿了猜疑他做過不法勾當的面孔——他也站在同樣的台階上，心中懷藏著他永不腐朽的夢，揮手向那些人道別。

我謝謝他的款待。大家總是在謝謝他的款待，無論我或是其他人。

「再見，」我大喊。「謝謝你招待的早餐，蓋茨比。」

到了城裡，我試著抄了一下沒完沒了的股票行情，然後在辦公椅上睡著了。快中午前被電話吵醒，我嚇了一跳額頭猛冒汗。打來的是喬登・貝克；她常在這個時間打給我，因為她總是說不準會出現在哪一間飯店、俱樂部或私人住宅，除了這個方式外很難找到她。通常她的聲音從電話線那頭傳來總是清新

☆2
'They're a rotten crowd,' I shouted across the lawn. 'You're worth the whole damn bunch put together.'
☆3
I've always been glad I said that. It was the only compliment I ever gave him, because I disapproved of him from beginning to end. First he nodded politely, and then his face broke into that radiant and understanding smile, as if we'd been in ecstatic cahoots on that fact all the time.

涼爽，彷彿高爾夫球場的一塊綠色草皮正從辦公室窗戶飛進來，但今早她的聲音聽起來生硬而冷漠。

「我已經離開黛西家，」她說，「現在在漢普斯特德，下午要去南漢普頓。」

離開黛西家或許明智，但這行為令我不太高興，接下來的那句話更讓我僵住。

「你昨天晚上對我不太好。」

「在那種情況下哪能面面俱到呢？」

沉默了一會兒，然後她說：

「但是——我想見你。」

「我也想見妳。」

「還是我下午不去南漢普頓，到城裡去？」

「不——我覺得今天下午不好。」

「好吧。」

「今天下午沒辦法。很多——」

我們就這樣繼續聊了一會兒，然後忽然不再講話。我不知道是誰先掛上電話，但我知道我不在乎。就算從此再也不能跟她說話，那天我也不想和她面對面坐在茶桌旁聊天。

幾分鐘後我打給蓋茨比，但電話在忙線中。我試了四次；終於有個惱火的接線生告訴我，線路被底特律長途電話占去。我拿出火車時刻表，在三點五十五分那班車旁邊畫了個小圈圈。然後我往後靠在椅子上凝神思考。現在才中午。

那天早上火車經過灰堆的時候，我刻意坐到車廂另一邊去。我想那裡一整天應該都聚集了一堆好奇的人，小男孩在灰塵裡尋找深色血跡，某個饒舌的男人一次次描述事發經過，一直到他自己也越來越覺得不真實，再也講不下去，然後梅朵·威爾森的悲劇成就也被遺忘。現在我想回溯一下，說一說昨晚我們離開修車廠之後那裡發生了什麼事。

一開始找不到她妹妹凱薩琳的下落。那天晚上她肯定是打破了自己不喝酒的規矩，因為抵達的時候，她醉得一塌糊塗，無法理解救護車已經去了法拉盛。當她終於確信這點，她立刻暈了過去，彷彿這是整件事裡最無法忍受之處。某個人不知是出於好心或是好奇，一路開車送她尾隨她姊姊的遺體。

一直到午夜過了很久，還有川流不息的人擠在修車廠前面，喬治·威爾森在裡頭的沙發上翻來覆去。辦公室的門打開了一陣子，每個進到修車廠的人都忍不住往裡頭看。最後有個人說看不下去了，然後關上門。米開力斯和幾個人在陪他；一開始有四五個，之後剩兩三個。更晚的時候，米開力斯請最後一個陌生人再等個十五分鐘，他回店裡泡了一壺咖啡。然後他自己陪著威爾森直到天亮。

大約三點鐘的時候，威爾森沒頭沒腦的喃喃自語變了——他變得越來越安靜，開始談到那輛黃色轎車。他宣稱自己有辦法知道那輛車的車主是誰，且不經意地說到幾個月前，她老婆鼻青臉腫地從城裡回來。

然而聽見自己說到這點的時候，他畏縮起來，又開始哭天搶地喊著：「哦，我的天啊！」米開力斯不甚高明地想讓他轉移注意。

「你們結婚多久了啊，喬治？好了好了，想辦法坐好回答我的問題。你們結婚多久了？」

「十二年。」

「有沒有生過小孩？好了，喬治，坐直一點——我問你一個問題。你們有過小孩嗎？」

硬殼的棕色甲蟲繼續衝撞昏暗的燈，米開力斯每回聽見外面路上的車子揚長而去，聽起來都好像幾個小時前沒有停下來的那輛車。他不想走進修車廠，因為工作台上放屍體的地方沾了血跡，因此他在辦公室裡不自在地走動——還沒到早上，他已經熟悉裡頭每一件物品——他不時坐在威爾森身邊，設法讓他安靜下來。

「你有沒有上教堂的習慣，喬治？還是很久沒去了？我可以打電話到教堂，請一個牧師來跟你說說話，好嗎？」

「沒參加任何教會。」

「你應該找個教會，喬治，尤其這種時候。你至少要上一次教堂。你不是在教堂裡結的婚嗎？聽好，喬治。你聽我說。你不是在教堂裡結的婚嗎？」

「已經是很久以前的事。」

提起勁回答打亂了他搖擺的節奏——有一陣子他沒出聲音。然後那半清醒半迷糊的表情又出現在他無神的眼睛裡。

「你看那邊那個抽屜裡面，」他說，指著辦公桌。

「哪個抽屜？」

「那個抽屜——那邊那個。」

米開力斯打開離他手邊最近的抽屜。裡頭沒什麼特別東西，只有一條昂貴的小狗項圈，皮製的，有銀飾鑲綴。看起來明顯是新買的。

「這個？」他問，把東西拿出來。

威爾森盯著點頭。

「我昨天下午找到的。她解釋過，但我知道一定有鬼。」

「你是說你老婆買這個？」

「她用衛生紙包起來放在梳妝台裡。」

米開力斯看不出哪裡奇怪，給了威爾森十幾個理由解釋他老婆為何會買狗項圈。但可以想像，威爾森從梅朵那邊已經聽過類似解釋，因為他又開始悄悄哼著「哦，我的天啊！」——安慰他的人還有幾個理由沒說出口便罷休。

「然後他殺了她，」威爾森說，忽然張開嘴。

「誰殺了她？」

「我有辦法找出來。」

「你別想些可怕的事，喬治，」他的朋友說。「你受到太大的壓力，不知道自己在說什麼。你先安靜坐好，等到天亮再說。」

「他謀殺了她。」

「那是意外，喬治。」

威爾森搖搖頭。他瞇起眼睛，嘴巴張得更大了一點，很輕而不以為然地「哼」了一聲。

「我知道怎麼一回事，」他斬釘截鐵地說，「我信任別人，從來不會去想傷害別人，但我若是知道一件事就心裡有底。是開車那個男人。她衝過去跟他說話，他不願意停車。」

米開力斯也看到這點，但沒想過其中有什麼含義。他以為威爾森太太只是要逃離她丈夫，而不是特別要攔下這部車。

「她怎麼會搞成這樣？」

「她讓人猜不透，」威爾森說，彷彿這樣就算回答。「啊——」

他又開始搖晃，米開力斯站著，把項圈揑在手裡。

「還是我可以幫你打電話給朋友，喬治？」

他提這個問題並沒有多大指望——他幾乎可以確定威爾森沒有朋友，他連老婆都應付不過來了。過了一會兒，米開力斯注意到室內出現一點變化，他很高興看見窗戶顯現一點藍色，原來已經快天亮了。五點鐘左右，天空已經亮到可以關上室內的燈。

威爾森無神的眼睛往外看著灰堆，小片灰雲形成神奇的形狀，在清晨微風裡快速地四處流竄。

「我跟她談過，」沉默很久之後他喃喃說。「我說她或許能騙過我，但騙不了上帝。我帶她到窗口。」——他費勁站起來，走到後窗邊把臉貼在上面——「我說『上帝知道妳在做什麼，妳做過的一切。妳也許騙得過我，但騙不了上帝！』」

米開力斯站在他後面，震驚地發現他看的是愛克伯格醫生的眼睛，那對眼睛蒼白而巨大，此刻正從夜晚的尾聲浮現。

「上帝看見一切，」威爾森重複一次。

「那只是一個廣告看板，」米開力斯向他擔保。不知為何他別過頭，回頭看室內。但威爾森在那裡站了很久，臉緊貼著窗框，對著黎明點頭。

米開力斯到六點鐘已經筋疲力竭，很慶幸聽到外頭傳來停車的聲音。來的人是昨天晚上答應要回來的一位旁觀者，於是他煮了三人份的早餐，和那個人一起吃了。威爾森現在安靜許多，米開力斯回家睡覺；四個小時之後他醒來趕回修車廠，威爾森已經不見人影。

他的行蹤——從頭到尾都是步行——根據事後追查得知，他先去了羅斯福港，然後到蓋德丘，在那裡買了一個後來沒吃的三明治和一杯咖啡。他應該是疲憊而走得很慢，因為他到中午才抵達蓋德丘。到這裡為止要交代他的時間不難——幾個男孩子看見一個「舉止有點瘋狂」的男人，還有幾個摩托車騎士看到他在路邊古裡古怪地盯著他們看。接下來三小時他不見人影。根據他對米開力斯所說，他「有辦法找出來」，警方猜測他可能用這段時間搜遍附近的車庫，尋找一輛黃色轎車。但另一方面，沒有一個守車庫的人看見他接近，或許他有更簡單可靠的方法找到他要的答案。兩點半之後他到了西卵，向人問到蓋茨比家的路。所以到這時，他已經知道蓋茨比的名字。

兩點鐘的時候蓋茨比換上泳衣，留話給管家說如果有人打電話找他，務必把話帶到游泳池邊。他到車庫去拿了客人在夏天享用過的充氣墊，司機幫他一起充飽墊子的氣。然後他吩咐，不論出了任何情況都不要把敞篷車開出去——這就奇了，因為右前方的防護板明顯需要修理。

蓋茨比肩扛著墊子往游泳池去。他停下來一次調整了一下墊子，司機問他需不需要幫忙，但他搖搖頭，沒多久就消失在轉黃的樹林裡。

沒有人打電話來，但管家沒睡覺，一直等到四點鐘——就算有留言，也早就沒有人能接收了。我想蓋茨比自己也不認為會有電話打來，或許他已經不在乎。如果真是這樣，他一定覺得自己失去了那個溫暖的舊世界，為了懷抱一個夢太久而付出高昂的代價。他一定曾抬頭透過張牙舞爪的樹葉看著陌生天空，顫抖地發現一朵玫瑰多麼醜惡，照在稀疏草地上的陽光多麼殘酷☆4。這是一個

☆4

If that was true he must have felt that he had lost the old warm world, paid a high price for living too long with a single dream. He must have looked up at an unfamiliar sky through frightening leaves and shivered as he found what a grotesque thing a rose is and how raw the sunlight was upon the scarcely created grass.

新世界，有形但不真實，把夢當成空氣來呼吸的可憐魂魄在四處漂浮……就像那個從雜亂樹叢悄悄朝他前進，蒼白而不真實的人影☆5。

那位司機——沃夫山的人手——聽見槍聲——事後只能說當時他並沒有多想。我從車站直接開車到蓋茨比的家，焦急地跑上前門台階，這才有人警覺是否出了事。但我深信他們已經知道了。我們四個人，司機、管家、園丁和我，一語不發趕到游泳池畔。

池裡的水微微波動，幾乎感覺不出來，新注入的水從一端被推往排水口另一端，負重的墊子歪斜地沉到池底，引起了微微的漣漪。輕輕吹皺池面的一陣微風已足以擾亂水上附載重量的恣意航向。幾片樹葉慢慢在上面繞著轉，像指南針的指針，在水上畫出一個細細的紅圈。

我們將蓋茨比搬往屋裡的途中，園丁才在不遠處的草叢看見威爾森的屍體，大屠殺到此告一段落。

☆5
A new world, material without being real, where poor ghosts, breathing dreams like air, drifted fortuitously about … like that ashen, fantastic figure gliding toward him through the amorphous trees.

9

事隔兩年，關於那天下午、晚上以及隔天的情況，我只記得無數的警察、攝影師和記者在蓋茨比的前門進進出出。大門口圍了一條繩索，有個警察站在旁邊看守，不讓好奇的小男孩進入，但他們很快就發現可以從我家後院過去，於是泳池畔無時無刻聚集著幾個目瞪口呆的男孩。某個自信滿滿的人，可能是警探，在那天下午彎腰檢視威爾森的屍體時說了一句「瘋漢」，冷不防的權威口吻為隔天早報定下了基調。

大部分的報導都是惡夢——醜惡、捕風捉影、急著定罪而且不真實。米開力斯在審訊時的證詞講明了威爾森對妻子懷有疑心，我以為整件事沒多久就會登上腥羶小報——但最可能開口的凱薩琳卻一句話也沒說，而且還表現出驚人的骨氣——她看著驗屍官，修整過的眉毛之下眼神堅定，發誓她姊姊從來沒見過蓋茨比，她姊跟她丈夫在一起非常快樂，從來沒做過什麼傷天害理的事。她說服了自己，並捂著手帕哭，彷彿光是提起這件事就令她難受。威爾森被貶為

「悲傷過度而精神錯亂」，整個案子維持在最簡單的形式，然後就終結了。

但這些感覺起來既遙遠又無關緊要。我發現自己站在蓋茨比那邊，而且只有我一個人。自從我打電話到西卵通報慘劇之後，任何對於他的臆測以及任何一個實際問題全都導向我。一開始我感到詫異又不明究理；然後，隨著每一個小時過去，看著他躺在家裡不動，沒有呼吸，也不能說話，我漸漸明白責任在我身上，因為除了我以外沒有人有興趣——我所謂的興趣，是每個人身後都應當有人來關心。

發現他屍體的半小時後我打電話給黛西，直覺就打，沒有猶豫。但她和湯姆下午稍早已經離開，而且帶著行李。

「沒有留地址嗎？」

「沒有。」

「有說什麼時候回來？」

「沒有。」

「知道他們在哪裡嗎？我怎麼跟他們聯絡？」

「我不知道。說不上來。」

我要幫他找人來。我想走進他安躺的房間，向他保證：「我會幫你找個人來，蓋茨比。別擔心。相信我，我一定幫你找個人來──」

邁爾．沃夫山的電話沒有登記在電話簿裡。管家給我他在百老匯的辦公室地址，我打到查號台去問，但等我拿到號碼時早就過了五點，電話無人接聽。

「可以再撥一次嗎？」

「我已經打了三次。」

「這件事非常重要。」

「抱歉，恐怕沒有人在。」

我回到客廳，一時以為這些突然湧入的公務人員全都是因緣際會的訪客。當他們掀開床單用無動於衷的眼神打量著蓋茨比，他的抗議繼續在我的腦海裡打轉：

「聽著，老兄，你一定得幫我找個人來，你一定要加把勁。我一個人沒辦法撐過去。」

有人開始對我提問，但我離開現場上樓去，匆忙翻遍書桌沒有上鎖的抽屜──他從來沒肯定跟我說過他的父母已經過世，但我什麼都找不到──只有丹．寇迪那張照片，那早已被遺忘的豪邁奔放標記，從牆上向下凝視著。

隔天早上我請管家送信到紐約給沃夫山，信裡除了跟他打聽一些消息，還力勸他搭下一班火車過來。寫的時候感覺這個請求多此一舉，因為我敢肯定他看到報紙一定會立刻動身，就像我很確定中午之前一定會收到黛西拍來的電報——但是電報沒有來，沃夫山也沒到；除了更多警察、攝影師和記者之外，沒有人來。管家送來沃夫山的答覆時，我開始感到一股抗拒，我和蓋茨比站在同一陣線，藐視所有的人☆1。

親愛的卡洛威先生：我遭逢這輩子最沉重的打擊，我完全無法置信。那人的瘋狂舉動值得我們所有人深思。我現在無法前去，有至關緊要的業務纏身，不能涉入這種事。之後若有我能效勞之處，請寫信讓埃德加轉交。聽到這個消息讓我不知自己身在何處，只覺得天昏地暗。

您忠實的

邁爾．沃夫山

下面還匆忙追加幾句：

請知會我葬禮等相關事宜。又：完全不認識他的家人。

☆1
When the butler brought back Wolfshiem's answer I began to have a feeling of defiance, of scornful solidarity between Gatsby and me against them all.

那天下午電話鈴響，長途台說是芝加哥的來電，我心想黛西總算打來了。接通以後卻是個男人的聲音，非常薄弱遙遠。

「我史萊戈……」

「是的？」這名字很陌生。

「那封信很不得了吧？收到我的電報了嗎？」

「沒有收到任何電報。」

「小帕克出事了，」他很快說。「在櫃檯交債券的時候被逮。五分鐘前他們才從紐約收到通告，上面列了債券號碼。有誰能料到？在那種鄉下地方很難說——」

「嘿！」我上氣不接下氣地打岔。「聽著——我不是蓋茨比先生。蓋茨比先生去世了。」

電話那頭沉默許久，接著是一聲驚呼……然後是通話斷掉的嘎答聲。

我想是第三天吧，一封署名亨利．C．蓋茨的電報從明尼蘇達州某個小鎮寄來。上面只寫了寄件者即刻出發，務必將葬禮延到他抵達為止。

那是蓋茲比的父親，一個嚴肅的老人，非常驚慌無助，在溫暖的九月天還穿著蹩腳的舊大衣禦寒。他因為激動而不住落淚，我從他手上接過袋子和雨傘時，他一直扯著自己稀疏的灰鬍子，我好不容易才幫他脫掉外套。他已經快支撐不住而倒下來，於是我帶他到音樂廳請他坐下，讓人送來吃的。但他不吃，牛奶從他顫抖的手濺出來。

「我在芝加哥報紙上看到消息，」他說。「芝加哥報紙都有寫。我馬上就出發了。」

「我不知道怎麼聯絡您。」

他的眼睛視而不見，快速瀏覽室內。

「那人是瘋子，」他說。「他一定瘋了。」

「您要來點咖啡嗎？」我勸他。

「我什麼都不要。我現在沒事，您是——」

「卡洛威。」

「嗯，我現在沒事。他們把吉米放在哪裡？」我帶他去客廳停放他兒子的地方，留他一個人在那裡。幾個小男孩爬上階梯往大廳裡偷看；我告訴他們是誰來了，他們不甘願地離開。

過了一會兒，蓋茨先生打開門走出來，嘴巴微開，臉色有點泛紅，眼角流下疏離而慢半拍的眼淚。到了他這把年紀，死亡不再是可怕的意外。他頭一次環顧四周，看見富麗雄偉的大廳通往許多大房間，然後又延伸到更多房間，他的悲痛混合了敬畏與驕傲。我扶他到樓上臥房；脫外套和背心時，我告訴他一切安排都暫緩，就等著他抵達。

「我不知道您希望怎麼做，蓋茨比先生——」

「我姓蓋茨。」

「——蓋茨先生。您或許想要把遺體帶回西部。」

他搖搖頭。

「吉米向來比較喜歡東部。他在東部爬到今天這個位置。您是我兒子的朋友嗎，先生？」

「我們是好朋友。」

「他本來有大好前途，您知道的。他從年輕的時候頭腦就很好。」

他煞有其事地摸摸自己的腦袋，我點頭。

「要是他還活著，一定會是偉大的人。像詹姆斯·J·希爾[1]那樣，他會幫忙建設國家。」

1. 美國鐵路大王，在十九世紀末有「帝國建造者」的美譽。

「是這樣沒錯，」我不太自在地附和。

他摸索刺繡的床罩，把它從床上掀起來，然後直挺挺躺下——他立刻睡著了。

那天晚上，一個受驚的人打電話來，先質問我是誰，然後才肯報出自己的名字。

「我是卡洛威先生，」我說。

「噢！」他聽起來鬆了一口氣。「我是克里普史普林爾。」我也鬆了一口氣，看來蓋茨比墳前又多了一個朋友。我不想登報吸引一堆看熱鬧的人，目前為止仍然自己打電話找人。人很難找。

「葬禮是明天，」我說。「三點鐘，就在家裡。希望你可以通知其他有意前來的人。」

「哦，我會的，」他很快說。「當然我不太可能會碰見什麼人，但有的話我會通知。」

他的語氣令我起疑。

「你本人當然會出席吧。」

「嗯，我一定會盡量。我打電話來是因為——」

「等等，」我打岔，「何不就說你會來？」

「嗯，事實上——事實是我現在跟一些朋友在格林威治，他們要我明天一道同行。明天好像有個野餐會，能走得開的話我當然會盡量趕到。」

我不禁冒出一聲「哼！」，他一定聽見了，因為他緊張地繼續說：

「我打電話來是因為有一雙鞋子我沒帶走，不曉得可否麻煩管家把鞋子寄過來。你知道，那是雙網球鞋，少了那雙鞋我實在不知道該怎麼辦。請寄到以下的地址，由B．F轉交——」

我沒有聽他說完就掛上了電話。

之後我為蓋茨比感到羞愧——我打電話去找的一位先生暗指他罪有應得。然而這是我的錯，因為之前這人在蓋茨比款待的酒精催化下，將蓋茨比嘲諷得最為刻薄，我應該要有先見之明別打電話給他。

葬禮那天早上我動身到紐約見邁爾．沃夫山；似乎只剩下這個方法能找到他。在操作電梯的年輕人指點下，我走到一扇標示了「吉祥控股公司」的門前，推門而入時裡頭似乎沒有人在。我大聲說了好幾次「你好」沒人答應，但某個隔間背後冒出爭吵聲，一位可愛的猶太女孩出現在辦公室裡的一扇門前，用黑色而不友善的眼神打量著我。

「沒有人在，」她說。「沃夫山先生去芝加哥了。」

第一句顯然是謊話，因為裡頭有人開始哼著不成調的〈念珠曲〉。

「請通報卡洛威先生求見。」

「我總不可能把他從芝加哥請回來吧？」

這時，一個肯定是沃夫山的聲音從門的另一邊喊了「史黛拉！」

「在櫃檯留下名字，」她趕快說。「他回來的時候我再通知他。」

「但我知道他就在裡面。」

她向前跨出一步，兩手憤憤不平地扶在腰際上下移動。

「你們這些年輕人，自以為隨時可以闖進來，」她斥責。「我們已經煩死了。我說他在芝加哥，他就是在芝加哥。」

我提到蓋茨比。

「哦——啊！」她又看了我一次。「你稍等——你說你叫什麼名字？」

她不見了。過一會兒，沃夫山莊重地站在門口，伸出雙手。他把我拉進辦公室，以恭敬的口吻提到現在大家都很難過，並拿出一支雪茄招待我。

「我還記得第一次認識他的情形，」他說。「剛退伍的年輕少校，身上掛滿戰場上得到的勳章。他窮得軍服不離身，因為沒錢買便服。第一次見到他是他走進四十三街的懷恩布雷納撞球間找工作，他已經兩天沒吃東西。『跟我一起去吃中飯吧，』我說。他在半小時內吃了超過四塊錢的食物。」

「是你幫助他事業起頭的嗎？」我問。

「起頭！他是我一手造就出來的。」

「哦。」

「我從零栽培他，把他從窮困裡拉拔出來。我一眼就看出他是個外表出眾、溫文儒雅的年輕人。當他跟我說他在牛勁讀過書，我就知道可以好好借重他。我讓他加入美國退伍軍人協會，後來他在裡頭的地位挺高。沒多久他就幫我一個在阿爾巴尼的客戶辦了件事。我們做什麼事都這麼親」——他伸出兩隻肥肥的指頭——「老是在一起。」

我不知道他倆的合夥關係是否包括一九一九年的世界大賽。

「現在他死了，」過了一會兒我說。「從前你是他最親密的朋友，所以我知道你一定想來參加他的葬禮。」

「我很樂意。」

「嗯，那就來吧。」

他眼眶含淚搖頭，鼻毛微微顫動。

「我沒辦法——我不能牽扯進去，」他說。

「沒什麼好牽扯的，一切都結束了。」

「每次有人被殺，我從來都不想有瓜葛。我保持距離。年輕的時候不一樣——假如朋友過世，無論如何我會守在他們身邊。你可能覺得這樣太感情用事，但我是說真的——一直待到最後。」

我看得出他有些理由讓他堅決不來，於是我站起來。

「你讀過大學嗎？」他忽然問。

一剎那間我以為他要推薦什麼「管道」，但他只點頭握我的手。

「我們都應該學著在一個人還活著的時候善待他，而不是等到他死了以後，」他表示。「死了之後，我的原則是放下一切。」

離開辦公室時，天色已轉黑，我在細雨中回到西卵。我換了衣服走到隔壁，看見蓋茨先生興奮地在大廳裡走來走去。他對自己兒子以及兒子坐擁的財產感到的驕傲有增無減，現在他有東西想給我看。

「吉米寄了這張照片給我。」他用顫抖的手指從皮夾裡拿出來。「你看。」

那是房子的照片，照片的四角破碎，被無數隻手摸髒了。他急著向我指出各個細節。「你看這邊！」他期盼我流露出欽羨的眼神。他多次拿出這張照片給別人看，我想對他而言，照片可能比房子本身還來得真實。

「吉米寄給我的。我覺得這張照片真是漂亮。拍得很好。」

「是很好。您近來見過他嗎？」

「兩年前他來看我，幫我買了我現在住的房子。當然，他逃家的時候我們難過得很，但現在我知道理由了。他曉得自己有大好未來。自從他發跡以後，對我一直很大方。」他似乎百般不願把照片收起來，依依不捨地在我眼前又握了一分鐘。然後他把皮夾收好，從口袋掏出一本破破爛爛的書，書名叫《侯帕隆・卡西迪》。

「你看這個，這是他小時候讀的書。你看了就明白了。」

他翻到封底，轉過來讓我瞧。最後的扉頁上工整寫著時間表以及日期一九〇六年九月十二日。底下寫了：

起床……………………上午六：〇〇
練習啞鈴和翻牆…………六：十五—六：三〇
研讀電學等………………七：十五—八：十五
工作…………………………八：三〇—下午四：三〇

棒球和運動……………………四：三〇—五：〇〇
練習演說及姿態………………五：〇〇—六：〇〇
研讀必要的新發明……………七：〇〇—九：〇〇

其他決心

不再浪費時間去夏夫特或【名字看不清楚】
戒掉吸菸和嚼菸
每兩天洗一次澡
每週讀一本有益的書或雜誌
每週存五元三元
對父母好一點

「我無意中發現這本書，」老人說。「你一看就明白了，對不對？」

「一看就明白。」

「吉米注定會出人頭地，他老是有這樣的決心。你看到他做多少事來增進自己？這點他一直很優秀。有一次他跟我說我吃東西像豬，我還把他打了一頓。」

他不願意把書收起來，大聲讀出每一條細目，然後又渴切地看我。我覺得他希望我把清單抄下來給自己用。

快到三點的時候，路德教派的牧師從法拉盛抵達，我開始不由自主地望向窗外，看還有沒有別的車子來。蓋茨比的父親也是。時間一點一滴過去，傭人都走進大廳裡等待，蓋茨比的父親焦急地眨眼，擔憂地談論這場雨。牧師看了好幾次手錶，我把他帶到一旁請他再等半小時。但沒有用。沒有人來。

大約五點鐘，我們一行三輛車抵達墓園，在綿綿細雨中停在大門口——第一輛是靈車，漆黑又濕漉漉，然後是蓋茨先生、牧師和我搭乘的加長禮車，後面是四五個傭人和西卵郵差坐的蓋茨比的旅行車，所有人都淋得濕透。我們穿越大門走向墓園的時候，我聽見一輛車停下，然後有人踩著潮濕的土地濺起水花跟在後面。我回頭看，兩三個月前在蓋茨比圖書室裡見過他，那位戴貓頭鷹眼鏡對書本讚歎不已的先生。

從那次之後我沒有再見過他，我不知道他如何得知葬禮的事，也不知道他的名字。雨打在他的厚鏡片上，他摘下眼鏡擦拭，看著擋雨帆布從蓋茨比墳前攤開來。

這時我試著回憶蓋茨比，但他已經太遙遠，我只記得黛西沒有捎來任何訊息也沒有送花，可是我心裡沒有忿怒。我模糊聽見有人喃喃唸道：「願在雨中的死者安息。」然後戴貓頭鷹眼鏡的人用洪亮的聲音說了聲：「阿門！」

大家在雨中三三兩兩快速回到車上。貓頭鷹眼鏡在大門旁邊跟我說話。

「我沒辦法趕到別墅去，」他表示。

「其他人也沒辦法。」

「真的假的？」他吃驚。「我的天！從前不是一去就好幾百個嗎。」他又摘下眼鏡從裡擦到外。

「可憐的王八蛋，」他說。

我這輩子印象最深的回憶是每逢聖誕時節返回西部的情景，最先是從預科學校返家，後來上了大學也是。要繼續前往芝加哥以外地區的人會在十二月某天傍晚六點鐘聚集在昏暗的老聯合車站，跟幾個已經沉浸在佳節氣氛中的芝加哥友人在一起，匆匆與他們話別。我記得從私立女校回來的女孩們穿著毛皮大衣，呼氣成霜地嘰喳談天，看見老朋友就舉手揮舞，互相比較各自收到的邀請：「你會去奧德威家嗎？或是赫西家？還是舒爾茲家？」綠色長條車票緊握在戴手套的手中。最後還記得有芝加哥─密爾瓦基─聖保羅路線的暗黃色車廂停在月台邊，看起來就有聖誕節喜氣洋洋的氣氛。

當列車駛進冬夜，道地的雪、我們的雪，在兩邊延展開來，映著車窗亮晶晶，威斯康辛州的小火車站發出微光一掠而過，空氣中忽然出現一股新鮮清爽的寒氣。從餐車經過車廂間的連廊時我們深呼吸，在這陌生的一小時內，難以言喻地清楚感覺到自己與這片土地相連，然後不留痕跡地融入其中。

這才是我的中西部——不是麥田、草原或荒廢的瑞典小鎮，而是年輕時代搭火車返鄉的興奮，嚴寒黑夜中的路燈和雪橇鈴聲，以及聖誕花環從亮燈的窗戶投到雪地上的影子。我屬於那裡。漫長冬天使我的個性有一點嚴肅，在卡洛威大宅長大讓我有點自滿，在我們的城市裡，寓所仍以家族姓氏來稱呼。現在我看出來了，這個故事終究還是一個屬於西部的故事——湯姆和蓋茨比，黛西、喬登和我，大家都是西部人，或許我們有共同的缺陷，使得我們無形之中無法適應東部的生活。

就連東部最令我興奮的時刻，就連我深切感覺到它的優越——比較起來俄亥俄州以西都是些枯燥乏味、地廣人稀的小鎮，鎮民之間無休止的閒言閒語對象只有小孩老人能倖免——就連在這種時刻，我也一直覺得東部哪裡不對勁。特別是西卵，如今仍會出現在一些奇異的夢裡。對我而言它像艾爾·葛蕾柯[2]畫裡的夜景：一百間屋子，傳統又怪異，簇擁在陰沉天空和蒼白月亮下。前景是四個穿西裝的嚴肅男人，抬著擔架走在人行道上，上頭躺了一個穿白色晚宴服的女人。她的一隻手垂到擔架外，珠寶閃耀著冷光。男人們臉色凝重走進一間屋子——但走錯了地方。沒有人知道那女人的名字，也沒有人在乎。

蓋茨比死後，東部對我而言變得鬼影幢幢，在我眼中面目全非。因此當天空出現燃燒枯葉的藍煙，晾在繩子上的濕衣服被風吹得僵硬，我決定回家。

離開之前還得做一件事，不是件愉快的事，或許最好讓它不了了之。但我想把事情收拾乾淨，不想指望無情的大海替我把垃圾沖走。我和喬登見了面，談了一下我們的事，以及之後我的遭遇。她坐在一張大椅子上，一動也不動地聽我說話。

她身穿高爾夫球裝束，我記得當時我心想，她看起來像一張完美的插圖，下巴神奇地微微抬起，頭髮的顏色像秋葉，她的臉和放在膝蓋上的露指手套是一樣的淺棕色。我話說畢之後，她沒有任何評論，只說她和一個男的訂了婚。我懷疑她說的是真話，但的確有好幾個男人是只要她一點頭就願意和她結婚的。我佯裝吃驚的模樣。有那麼一分鐘，我還在思索自己是否錯了，然後又很快地把事情通盤考慮過一遍，接著站起來說再見。

「不過是你甩掉我的，」喬登忽然說。「那天你在電話上把我甩了。現在我不在乎你了，這經驗對我而言倒是很新鮮，有一陣子我還為此暈頭轉向。」

我們握了握手。

「哦，你記得嗎。」——她又說——「我們曾經聊過開車的事？」

「嗯——不太記得。」

「你說一個爛駕駛只有在沒碰到另一個爛駕駛才安全？呃，我碰上另一個爛駕駛，不是嗎？我真不小心，看錯了人。我以為你還算誠實坦率。我以為你暗暗自豪得很。」

「我三十歲了，」我說。「要是我年輕五歲，還可以欺騙自己並且引以為傲。」

她沒有回答。我心頭氣憤，可是心底還愛著她，萬分遺憾地轉身離去。

十月底一天下午，我看見湯姆・布坎南。他在第五大道上走在我前頭，警覺和挑釁的姿勢一如以往，雙手距離身體有一點距離，彷彿要趕走干擾阻礙。

2. El Greco是西班牙文藝復興時期的畫家，作品以表現主義手法為主，充滿戲劇張力。

他的頭快速轉來轉去，配合他靜不下來的眼睛。我放慢腳步避免趕上他，他正好停下腳步，對著一間珠寶店的櫥窗皺眉頭。他忽然看見我而往回走，向我伸出手。

「怎麼回事，尼克？你不願意跟我握手嗎？」

「對。你知道我對你是什麼看法。」

「你瘋了，尼克，」他匆忙說，「瘋得要命。我不知道你怎麼回事。」

「湯姆，」我質問，「那天下午你跟威爾森說了什麼？」他無言看著我，我便知道我猜中威爾森不見人影的那幾小時內發生了什麼事。我掉頭就走，但他緊跟上一步，抓住我的手臂。

「我告訴他事實，」他說。「他在我們準備離開的時候來到門口，我吩咐下去說我們不在家，他硬闖進樓上來。他已經瘋了，要是不跟他說那輛車的車主是誰，他準會殺了我。在屋裡的時候，他的手從頭到尾都握著口袋裡的左輪手槍——」他忽然強硬起來。「就算我真的告訴他又怎樣？那傢伙自找的。他騙過你，就像他騙過黛西，但那傢伙真是冷血心腸，開車撞死梅朵像撞死一條狗一樣，連停都不停一下。」

我無話可說，除了一個無法說出口的事實：他說的根本不是真的。

「而且你要是以為我一點也不痛苦——你聽好，我去公寓退租的時候，看見餐具櫃上那盒狗餅乾，我坐下來哭得像個小孩。老天，真是痛苦——」

我無法原諒他，也不能喜歡他，但我發現，他的行為在他自己看來完全合理。整件事都那麼草率馬虎、雜亂無章。他們是粗心的人，湯姆和黛西——他們把事情搞得一團糟，禍及他人，然後退避到他們的財富與漠不關心中，或不管是什麼，反正就是讓他們在一起的東西，讓其他人去收拾殘局……☆2

我和他握手；不握手似乎很傻，因為我忽然覺得我是在跟一個小孩子說話。然後他走進珠寶店買珍珠項鍊——或是只買一對袖扣——永遠擺脫我這鄉巴佬的非難。

我離開的時候蓋茨比的房子仍然是空的——他草坪上的草已經跟我草坪的草長得一樣高。村裡有個計程車司機只要經過他家大門，每次都要停下來對裡頭指指點點；或許意外發生的那天晚上，是他載黛西和蓋茨比到東卵去，也或許他自己捏造出一個故事。我沒興趣聽，出火車站時也刻意避開他。

週六晚上我都在紐約度過，因為他那些華麗耀眼的派對於我而言仍然如此鮮明，我仍聽見音樂和笑語從他的花園傳來，遙遠而不停歇，還有車子在他的車道開進開出。有天晚上我真的聽見一輛車開來，看見車燈照在他的前門台

☆2
they smashed up things and creatures and then retreated back into their money or their vast carelessness or whatever it was that kept them together, and let other people clean up the mess they had made…

階。但我沒有一探究竟。也許是最後從天涯海角歸來的客人，不知道派對已經結束了。

最後一天晚上，我的行李箱已打包，車子也賣給了雜貨店老闆，我走到隔壁最後再看一眼這象徵巨大混亂失敗的房子。白色台階上被寫了個不雅字眼，不知哪個男孩子用磚塊畫的，在月光下特別清晰，我用腳塗掉它，鞋子在石階上磨得沙沙作響。然後我信步走到海邊，在沙灘上伸展四肢躺下。

海岸別墅大半都已人去樓空，除了海峽上一艘渡輪幽暗的微光掠過，幾乎沒有其他光線。月亮越升越高，微不足道的小房子漸漸消逝，直到我感覺這古老的島再次在荷蘭水手的視線裡綻放——新世界裡一塊清新翠綠之地。那些已消失的樹木，為了建造蓋茨比的房屋而砍伐的樹木，曾低聲逢迎著人類最後也最偉大的夢想；在目眩神迷的一剎那，人們看到這塊大陸出現，一定曾屏住了呼吸，不由自主被這裡的美吸引，雖然這美感他不懂得也非他所冀求，但也是他最後一次面對歷史上能與他感受驚奇的能力相匹配的美景。

我坐在這裡緬懷著舊時未知的世界，一邊想到蓋茨比第一次在黛西的碼頭看見那盞綠燈時的驚奇。他走了很遠的路才到達這片藍色草坪，他一定覺得夢想近在眼前，幾乎不可能落空。他卻有所不知，那夢實則已在身後，遠在廣大城市後方的朦朧處，共和國的黑色田野在暗夜裡不斷向前延伸。

蓋茨比信仰著那盞綠燈，那令人興奮的未來，年復一年在我們面前退卻。它待在我們遙不可及之處，但無所謂——明天我們會跑得更快，手臂伸得更長……直到一個風和日麗的早晨——☆3

於是我們奮力前行，小船逆流而上，不斷被浪潮推回過去☆4。

（全書完）

☆3
Gatsby believed in the green light, the orgastic future that year by year recedes before us. It eluded us then, but that's no matter—tomorrow we will run faster, stretch out our arms farther.... And one fine morning——

☆4
So we beat on, boats against the current, borne back ceaselessly into the past.

國家圖書館出版品預行編目資料

大亨小傳 / F. S. 費滋傑羅(F. Scott Fitzgerald)著 ; 李佳純譯. -- 初版. -- 臺北市 : 商周出版 : 家庭傳媒城邦分公司發行, 2012.03
面； 公分.——（商周經典名著38）
譯自：The great Gatsby
ISBN 978-986-272-129-2（平裝）

874.57　　101002814

商周經典名著 38

大亨小傳 The Great Gatsby

作　　者 / F. S. 費滋傑羅（F. Scott Fitzgerald）
譯　　者 / 李佳純
責任編輯 / 余筱嵐

版　　權 / 黃淑敏、吳亨儀、邱珮芸
行銷業務 / 周佑潔、黃崇華、張媖茜
總 編 輯 / 黃靖卉
總 經 理 / 彭之琬
事業群總經理 / 黃淑貞
發 行 人 / 何飛鵬
法律顧問 / 元禾法律事務所 王子文律師
出　　版 / 商周出版
台北市104民生東路二段141號9樓
電話：(02) 25007008　傳眞：(02)25007759
blog:http://bwp25007008.pixnet.net/blog
E-mail：bwp.service@cite.com.tw
發　　行 / 英屬蓋曼群島商家庭傳媒股份有限公司 城邦分公司
台北市中山區民生東路二段141號2樓
書虫客服服務專線：02-25007718；25007719
服務時間：週一至週五上午09:30-12:00；下午13:30-17:00
24小時傳眞專線：02-25001990；25001991
劃撥帳號：19863813；戶名：書虫股份有限公司
讀者服務信箱：service@readingclub.com.tw
城邦讀書花園：www.cite.com.tw
香港發行所 / 城邦（香港）出版集團有限公司
香港灣仔駱克道193號東超商業中心1樓_ E-mail:hkcite@biznetvigator.com
電話：(852) 25086231　傳眞：(852) 25789337
馬新發行所 / 城邦（馬新）出版集團【Cite (M) Sdn. Bhd.】
41, Jalan Radin Anum, Bandar Baru Sri Petaling,
57000 Kuala Lumpur, Malaysia.
Tel: (603) 90578822　Fax: (603) 90576622　Email: cite@cite.com.my

封面設計 / 廖韡
版面設計 / 洪菁穗
排　　版 / 極翔企業有限公司
印　　刷 / 韋懋實業有限公司
經　　銷 / 聯合發行股份有限公司
地址：新北市231新店區寶橋路235巷6弄6號2樓
電話：(02)2917-8022　傳眞：(02)2911-0053

■2012年3月13日初版
■2021年5月28日二版2.5刷
定價220元

Printed in Taiwan

城邦讀書花園
www.cite.com.tw

 ISBN 978-986-272-129-2

廣　告　回　函
北區郵政管理登記證
北臺字第000791號
郵資已付，免貼郵票

104　台北市民生東路二段141號2樓

英屬蓋曼群島商家庭傳媒股份有限公司城邦分公司　收

請沿虛線對摺，謝謝！

書號：BU6038X　書名：大亨小傳　編碼：

請於此處用膠水黏貼

讀者回函卡

不定期好禮相贈！
立即加入：商周出版
Facebook 粉絲團

感謝您購買我們出版的書籍！請費心填寫此回函卡，我們將不定期寄上城邦集團最新的出版訊息。

姓名：＿＿＿＿＿＿＿＿ 性別：☐男 ☐女

生日：西元＿＿＿＿年＿＿＿＿月＿＿＿＿日

地址：＿＿＿＿＿＿＿＿

聯絡電話：＿＿＿＿＿＿＿＿ 傳真：＿＿＿＿＿＿＿＿

E-mail ：

學歷：☐ 1. 小學 ☐ 2. 國中 ☐ 3. 高中 ☐ 4. 大學 ☐ 5. 研究所以上

職業：☐ 1. 學生 ☐ 2. 軍公教 ☐ 3. 服務 ☐ 4. 金融 ☐ 5. 製造 ☐ 6. 資訊
☐ 7. 傳播 ☐ 8. 自由業 ☐ 9. 農漁牧 ☐ 10. 家管 ☐ 11. 退休
☐ 12. 其他＿＿＿＿＿＿＿＿

您從何種方式得知本書消息？

☐ 1. 書店 ☐ 2. 網路 ☐ 3. 報紙 ☐ 4. 雜誌 ☐ 5. 廣播 ☐ 6. 電視
☐ 7. 親友推薦 ☐ 8. 其他＿＿＿＿＿＿＿＿

您通常以何種方式購書？

☐ 1. 書店 ☐ 2. 網路 ☐ 3. 傳真訂購 ☐ 4. 郵局劃撥 ☐ 5. 其他＿＿＿＿

您喜歡閱讀那些類別的書籍？

☐ 1. 財經商業 ☐ 2. 自然科學 ☐ 3. 歷史 ☐ 4. 法律 ☐ 5. 文學
☐ 6. 休閒旅遊 ☐ 7. 小說 ☐ 8. 人物傳記 ☐ 9. 生活、勵志 ☐ 10. 其他

對我們的建議：＿＿＿＿＿＿＿＿

【為提供訂購、行銷、客戶管理或其他合於營業登記項目或章程所定業務之目的，城邦出版人集團（即英屬蓋曼群島商家庭傳媒（股）公司城邦分公司、城邦文化事業（股）公司），於本集團之營運期間及地區內，將以電郵、傳真、電話、簡訊、郵寄或其他公告方式利用您提供之資料（資料類別：C001、C002、C003、C011 等）。利用對象除本集團外，亦可能包括相關服務的協力機構。如您有依個資法第三條或其他需服務之處，得致電本公司客服中心電話 02-25007718 請求協助。相關資料如為非必要項目，不提供亦不影響您的權益。】

1.C001 辨識個人者：如消費者之姓名、地址、電話、電子郵件等資訊。
2.C002 辨識財務者：如信用卡或轉帳帳戶資訊。
3.C003 政府資料中之辨識者：如身分證字號或護照號碼（外國人）。
4.C011 個人描述：如性別、國籍、出生年月日。

請於此處用膠水黏貼